这些瞬间那些光阴

zhe xie shun jian

na xie guang yin

乐心 著

文汇出版社

序

这些文字，那些温暖

黑　陶

这本书中的几乎每一篇文章、每一颗汉字，都有着翠生生的湿润根系，像江南新鲜蓬勃的植物，散发出太湖莲藕的味道、百合的味道。

这就是我心目中判定的"有根"的文学。这种"文学之根"，深植于作者对于故乡风物、故乡人情的执着眷恋。遍布于字里行间的这种眷恋，时常令我动容。

乐心的故乡在太湖西岸的宜兴周铁镇，与我的出生地，同在湖滨的宜兴丁蜀镇相距很近，因此，她书中记叙的种种，于我而言，存有一种地理和人事上的天然会心与亲切。书中追忆并呈现的往昔江南，那淳朴的人情，是多么的美啊！

周铁是紧邻太湖的热闹乡镇，每隔一段时间，遇上东南风，总有太湖里捕鱼船上的苏州渔民到镇上来采购生活用品。"那个时候渔民上岸后常会到镇上人家歇歇脚，日子久了就结成朋友当作亲戚。"于是，每逢"东南风一吹，小镇上的居民就念叨了，姑船上的人今天要上岸来了，于是特意多买点菜，锅里多烧点饭"，而渔民也从不空手上岸，他们将刚刚捕起的银鱼、白虾、白鱼、鳗鱼等作为礼物送给久识的镇上亲友，镇上人家收下东西后，也总要回礼，"回礼的东西有油面筋、粉丝、笋干、白糖、红枣之类"。乐心家也有一个船上亲戚，"姓陈，讲一口软糯的苏州吴江话"，船上的陈妈妈"每次上岸必来我家"，"我印象最深的是，她送来的角鱼干非常好吃"。

来周铁镇上的，不仅有苏州的捕鱼船，还有黄梅季节里无锡马山的杨梅船。杨梅船上有一位姓周的老伯，特别喜欢小孩子。就是这样一位非亲非眷的卖杨梅老伯，有一天竟向乐心母亲提出，要带乐心到马山玩几天，而乐心母亲竟然答应了！"那一年我八岁，这是我第一次坐船进入太湖……只记得在船舱里睡觉，全程都在睡。中途有两次迷迷糊糊醒来，睁开眼看到摇船的人，看到风帆，看到白茫茫的湖面。""我在马山三天，周老伯一家待我很好，等他们再次到周铁卖杨梅，我随船回家。"这样的事情，按照现在的世风来看，简直是"不可思议"！

阅读书中的这些篇章，我的心里，总会不由自主地联想到江南人鲁迅的《朝花夕拾》，联想到宜兴同乡前辈吴冠中的《水乡青草育童年》。

与乐心姐相识多年，虽然联系简淡，但我从她那里感受到的，总有一种亲人般的内心温暖。

在我个人的理解中，乐心是深刻体验过生命诸种滋味的人。疼痛、欢愉、感伤，生命的阳光或阴影，她悉数坦然接受。然后，她回馈世界的，唯是珍惜和感恩。她对人生与光阴的迅疾，有着通透的领悟："一切都没有什么，都是瞬间，而生活中仍会有许多明亮而又温暖的瞬间在心间反复无穷，拼接着一个又一个平淡的日子，一天，一年，一生，就这么慢慢走过……"

在书中，乐心这样写过她的大哥："在他眼里，人无贵贱，裁缝、皮匠、剃头佬不算低下。在他心里，品格自有高下，他从不取悦权势。"这又何尝不是她自己的写照。乐心笔下的人物，多处于底层，捕虾的老张夫妻、烘烧饼的东升、修伞的朱和尚、打铁的杭师傅、卖豆腐花的三保、童年时对她无微不至照顾的义席阿哥，她对笔下的他们，倾注了真挚的留恋与爱意。不仅仅是对人，乐心的爱和珍惜，还遍及身边的动物与植物。她思念家中曾经养过的那只叫"黑宝"的狗，她放飞了两只曾在笼中的画眉；山野中的普通植物，她如数家珍："山野遍布各种植物，绿苣头、鱼腥草、金银花、野芹菜……鲜嫩的野芹菜长在湿地草丛中，阔叶的绿苣头随处可见。"其神其态，宛如爱怜自己的孩子。

这是一本"贴心的"温暖之书和美善之书。它像一卷民间的白描图册，收尽了江南的风物之美、人文之美和人性之美，既质朴简洁，又潜藏了无限的丰盈与深情。"岁月的风霜毫不留情地摧蚀着每一个人的感知感觉，我一直庆幸自己，在经历了许多事情后仍有一颗明亮的心，能够感知并感恩于人世间的种种暖意。"是的，正因为沧桑世事而不改"一颗明亮的心"，所以，写出这本书的这个人，是如此美好。

（黑陶，诗人、散文作家，无锡市作家协会主席。）

目 录

善意之镇

　　父亲打电话给我，嘱咐我有机会要表达一下对宋家的谢意，父亲特别说了一句，对他人的善意要格外珍惜，在这个世界上，善意是贵重的。

　　宋家是我们家三十多年前的老邻居，同住在周铁镇东街，宋家有四个儿子，大名都起得很响亮，光荣、光舟、光明、光林，但小时候我们不叫他们大名，都叫小名，老大叫毛毛，老二叫阿毛，老三叫三毛，排到四不好叫四毛了，所以只有老四叫他名字光林。我哥哥跟宋家三毛同年，我跟宋家老四光林是同龄，年纪差不多彼此就成了玩伴，我童年和少年的记忆里至今还有宋家兄弟的许多生动画面。

　　一晃几十年过去了，他们家早已搬离了东街到别处发展了，而我们家的人也都到了宜兴工作，只有父母仍居住在周铁东街。宋家八十多岁的老父亲在宜兴城里生活，前两年他到周铁去专门找到我们家，那次没见着我父母，特意关照儿子光舟要去看看，之后光舟夫妇总来看望我父母，过年送钱送物。今年我父母住进老年公寓了，他们夫妇竟一路找到老年公寓来看望两位老人，他们称呼我母亲为"孃孃"，是我们那里很亲热的一种称谓，这让两位老人倍感温暖，欢喜不已。

由相邻的一家人几十年间的情意，我想起一条街、一个镇的善意。

（一）

周铁这个镇有点特别，在中国的小镇中，这个不起眼的小镇是一个方位感特别强的镇，东南西北四个方位在这里很明确的就是四条街，长长的东街，浅浅的西街，深深的北街，短短的南街，交汇之处就叫"十字街头"。

著名画家尹瘦石当年和东街的杨寿春是小时候的玩伴，两人都喜欢画画。1937年日寇入侵时，十八岁的尹瘦石和东街的杨寿春兄弟、北街的冯俊生一起逃亡漂泊，沿长江到武汉一路艰辛后来到了贵州。寿春年长尹瘦石四岁，自然是一路照顾着同乡。寿春会画画，会拉二胡，才艺出众，很快就在贵阳谋到一文书之职。在艰苦的岁月里，一条街上出来的人，彼此心存善意，相携相助。在现今的尹瘦石艺术馆可以看到，尹老早年的书信中有与寿春往来的记录，尹瘦石在桂林办画展，寿春还去观展并留有签名。世事难料，抗战中寿春受了精神刺激落难回到老家周铁东街，上世纪70年代他在周铁煤球厂做煤球，他不屑而且不愿干这种苦力，因此一家人常常吃不饱，我们东街的邻里们时常接济他，我母亲也把家里的米送过去。我印象中的寿春总是蓬头垢面，唯有那双深邃的眼睛充满了智慧。当夕阳西下，他便拉起那把自制的胡琴，饱受磨难的他对抗战的记忆刻骨铭心，一首《松花江上》被他拉得如泣如诉。寿春心灵手巧，那时候家里穷，他用竹片和硬板纸制作的"小人翻跟斗"非常好玩，他拿到轮船码头卖五分钱一个。寿春后来是在贫病交困中死去的。他的儿子顺清继承了他的聪慧，喜欢画画刻印章，可是因为家里贫困没有受到好的教育，生活依然艰难。1991年夏天，杨顺清跟周铁东街的人讲，他要到北京去找著名画家尹瘦石，当时街上的人都笑他了，这痴小子在说梦话了，尹瘦石岂是你能见到的？但后来大家信服了，顺清到北京后先自报家门，托人捎了句话——"我是周铁杨寿春的儿子"。果真，尹老第二天热情地见了他。顺清在北京玩了一个星期，临别时，尹老不忘当年与寿春的情意，送给顺清一幅《奔马图》，上书顺清贤侄。得知顺清喜欢画画刻印章，尹老还送了他一盒印泥、十二枚寿山石图章。

顺清回来跟我们讲，他上北京的一千元钱还是向朋友借的，到北京

3

什么礼物都没带，在找尹老的家时路过一菜市场，就买了一个大西瓜满头大汗捧着上门。尹老见了他细细端详一番说，你比当年寿春长得还要眉清目秀呢。顺清到北京找尹瘦石这段往事在我们东街传为佳话。

少小离家的尹瘦石对养育他的故土始终怀着感恩之心，十八岁离家，六十二年后他魂归故里，骨灰撒入老家周铁太湖，游子投入了母亲太湖的怀抱。

（二）

故乡好故乡美，青山荡漾在水上，晚霞吻着夕阳，太湖水潮涨潮落，孕育了河岸肥沃的渎区平原，或许是在温润灵动的氛围中浸润久了，周铁这个小镇的人就像当地渎区盛产的萝卜一样，朴实、细腻、爽脆。

善意的东街，温情的小镇，淳朴慈善的风尚由来已久。

小镇三面环水，通往太湖的横塘河穿镇而过，从东街走到尽头有一座桥，叫"周铁桥"。我的家就在这座桥旁边，我们站在周铁桥上，一眼就能看到小街上老城隍庙里那棵高高大大的银杏树。据说，这是三国时十六岁的孙权当阳羡县令时，其母亲亲手种植的树，至今算来已有一千七百多年历史了。树身粗壮，要七八个大人手拉着手才能围得住。过去，周铁的船出入太湖，银杏树是天然航标，过往船上的人看到白果树，就感觉亲切，心生暖意，老远就像看到一位慈祥的老人在招手示意，善意成了小镇最为生动的表情。

那座静卧在河之东西的"周铁桥"，同样承载了一位老人的善意热心。河东和河西原本没有桥，乡民们来往靠摆渡，进出非常不便。不知多少年前，有个在横塘河东岸靠打铁为生的周姓铁匠，倾其所有，在河上造了一座桥。在桥造好之际，老人却积劳成疾，不久便与世长辞。人们为纪念这位善良的铁匠，便把桥称为"周铁桥"。古时江南集镇大都沿桥而建，因此小镇也被叫做周铁镇了。

在这个小镇上，东街还有一家修伞的朱姓店铺，早些时候人们撑的大多是油纸伞，雨天一过，朱家门口总有一大片撑开的伞在晒太阳。朱师傅用一种像宣纸，但又比宣纸韧性强的纸布来修补伞面，黏合液是压榨后放置已久的柿子水，那种气味有点好闻。朱师傅和老伴膝下没有子女，那时太湖东南风一刮，渔民们就停泊到周铁集镇上来采购生活用品，渔民捕鱼流动性大，他们的孩子上岸读书没人照应，朱师傅夫妇收养了渔民的三个孩子读书，王玉梅、王玉琴、王阿明姐弟仁也是我年少时的玩伴。朱师傅家喜欢做好事，每到夏天，他们就在家门口放一缸大麦茶，供来往的行人歇脚时解渴，年年如此，将清凉送给陌路人。做好事不求回报，这是一种积德，小镇上的人乐善好施大多基于这种朴素的想法。

（三）

在周铁分水，有个特困家庭，年轻的妈妈高度弱视，几近失明，她女儿小学六年的学习生活费用由当地一家企业资助。那年寒假，我随民政部门的同志前去看望，那位妈妈正握着孩子的小手，在自己掌心上一笔一画地教写字。她告诉我，有一个字笔画特别多，她手把手地教了十几遍，一定要闺女学会——我问是什么字这么重要，她说：是善字，善心的善！在这样的人家看不到凄苦，看到的是阳光，对生活的信心。

岁月悠长，慈善的力量就像老城隍庙里的千年古银杏一样如今枝繁叶茂。在周铁，古道热肠的人很多很多，一个小镇拥有十七个民间爱心基金，母本资金近两千万元，全是企业老板捐资的，这在全国都是少有的。侠骨柔肠的周铁人有担当重情谊，最近一次镇里开会，说是要办公益事业，企业家们一下子捐出七千八百万元。在捐资的名单中我看到好多熟悉的名字，裴仁年、宋仕良、杭盘大，还有我的同学吴国平兄弟仨这次出资一千两百万元用于周铁历史街区等方面建设。慈善已成了当地人的自觉行动，他们默默地做这些事，一点都不张扬。

善意是从心底里流淌出来的，慷慨解囊是一种表达，那是物质层面上的，还有更多的是来自精神层面上的表达。我妈妈总说，人家有难要多帮帮。没多少文化的老妈妈却有着一腔热情，东街上寿春的老婆亡故了，三军的嫂子离世了，她去帮忙不算，还跟人家说：

"我家乐心认识火葬场殡仪馆的人。"记得有次是刚过年的年初六七，老乡打我电话联系，电话一头还听到我母亲在说："人家穷看病看了不少钱，你就帮着联系少收点钱。"这让我哭笑不得，我哪里认得殡仪馆的人呀，是我单位同事的老婆在那里开票。不过，方便之处帮个忙，帮人那是小镇上自然的事。我的故乡始终流淌着这样的善意。

善意永远是小镇最生动的表情。

（此文获第二十二届中国新闻奖报纸副刊作品初评暨2011年全国报纸副刊作品年赛金奖）

宜兴说大书

"宜兴说大书"，时光流年中古韵悠悠的一段唱腔，那绵绵气韵与宜兴茶文化、紫砂文化血脉相连，还记得黄春风、沈如舫等"宜兴说大书"名家吗？还能找到说大书的传承人吗？

家乡宜兴，以阳羡茶名闻天下。宜兴人莫不爱茶，那些经年的茶馆，那些打着扇子拍着醒木的说书艺人，如同古镇上的老街老桥一样，是水乡茶洲最为生动的情韵。老虎灶、紫砂壶，酽酽的宜兴红茶；还有长条凳、八仙桌，一身热汗坐下来歇脚聊天的父老乡亲，以及宜兴特有的"吃讲茶"习俗……这一切构成了水乡茶洲的草根画卷，而"宜兴说大书"是它最具风情的"配音"，它是方言乡音里富有温度和色彩的部分,生动的"民间语文",陪伴着一代代人成长。

我的家乡宜兴周铁是临近太湖边的一个小镇,青石板铺成的老街上也开着几家这样的茶馆。记忆中开茶馆的胡老二总是拎着一把大肚子铜炊给客人添茶续水,胡老二茶馆是我们这个小镇最热闹的场所,从早到晚,喝茶、听书的人不断。我小时候常钻在大人堆里听书,那时候生活困苦,说书人每天精彩的内容让百姓生活有了亮色和期盼,人们从古话传奇中得到滋养。

如今,沉淀着古老人文气息的江南小镇,老街老桥,依旧安详深情,可是那久远了的宜兴说书艺人还在吗?

寻访一张独特的脸谱

初夏的季节,风中飘着树木花草的清香,阳光抚摸过的周铁老街带着慈祥的笑意,老城隍庙里那棵已经活了一千多岁的银杏树,古朴中透着无限生机,一切都是这样亲切明朗。我从宜兴城里特意赶来,来不及细细聆听小巷中时光的耳语,我要去寻访一张独特的脸谱,能表演"一半脸儿笑,一半脸儿哭"的济公形象。那个在江浙沪两省一市曾经博得掌声和好评的"宜兴说大书"先生钱铁城——一个被忽略的乡土文化符号。

我追寻着这样的历史线索:"宜兴说大书"源于宋代说话伎艺,与现今的苏州评话相似。评话是正规的说法,江南一带叫说书。明末清初，著名评话艺人柳敬亭曾在宜兴一带说书，与"宜兴说大书"有密切的渊源关系。其后"宜兴说大书"在长江以南的江苏、浙江及上海地区流传，民国时期步入鼎盛，外地的一些书场都将"宜兴说大书"作为保留剧目招徕听众。建国初期宜兴就成立了曲艺团，相继涌现黄春风、沈如舫等说大书名家。在广播电视的冲击下，"宜兴说大书"逐渐淡出，目前只有周铁镇保留该民间传统曲艺项目，钱铁城是这一曲艺的代表性传承人。

在周铁镇大园里老旧居民区的一排低矮房子前，我见到了今年七十六岁的钱铁城。他穿着一件咖啡色休闲上衣，还戴了条细纹领带，那张充满戏剧性的脸，跳动着济公的神态。尽管风烛残年，齿缺发稀，平常日子过得也酸楚，但只要是外出或者是有客来，他都穿戴整齐，保持着说书先生见过世面的风度。现在他一年中有四个月外出说书，今天下午应邀去杨巷表演评话《济公》片断后，过几天还要到昆山去开讲，这一说就要十天半月回家。

简陋的家中，紧靠床的一面墙上挂着济公活佛像，这是钱先生自己画的。济公一生富有传奇色彩，既"颠"且"济"，扬善疾恶，扶危济困，钱先生说了五十年的济公，济公活在了钱先生心中，他说，他每天都要上香拜济公。

看他收拾包裹，为下午的表演作准备，我们抽空聊了起来。他自小能说会唱有文艺天赋，年轻时在上海百花越剧团担任过编导，上世纪50年代拜著名评话艺人徐青山为师，专攻评话《济公》，这一说就是半个世纪。当年为了表演济公"一半脸儿哭、一半脸儿笑"的形象，钱先生反复对着镜子练，脸上的肌肉半个放松，半个收紧，终于练成了一张独特的脸谱，成为一绝。

今天出门到杨巷茶馆表演，他带上了两件长衫，一件藏青色，一件淡灰色。钱先生说，穿上长衫说书，那才有韵味。

茶馆里来了"活济公"

杨巷老街，宜兴现今乡镇最有味道的古老街巷，在这条西街的百米距离内有三家大小不一的茶馆，那是老人们最温暖的驿站，喝茶、玩牌，说着家长里短国家大事，个个活得像老神仙。

钱先生说书的这家茶馆在镇上据说有着百年历史，现在的老板姓朱，看上去四十来岁的模样，正前后忙乎着。旧方桌上铺垫着红色围布，上有金黄色大字：钱铁城评话《济公》，情节传奇，滑稽风趣，笑听济公，乐在其中。

就要开讲了，只见身穿长衫、气定神闲的钱先生惊堂木一拍，嘈杂的茶馆开始静了下来，几句开场白就拉近了与听众的距离："各位老伯，二十年前我到杨巷来说过书，当年主持茶馆的老板叫陈洪春……"这时有位老者在底下插话了："早先我听过你说的书呐，你是活济公。"

"宜兴说大书"因艺人的说法、语言、起角色等方面的不同特色，形成不同的风格和流派。有的随机应变，舌底生花，针对不同的听众即兴发挥，叫作"活口"；有的说表语如连珠，铿锵有力，叫作"快口";有的以起某个角色见长,则享有"活关公"、"活周瑜"、"活济公"等美称。钱铁城属于最后一种。你看他说到紧要处,将长衫一侧的下摆挽进衣衫门襟里,马上变成了济公的破衣衫,手持破扇子,一个"半边脸儿哭,半边脸儿笑"亮相,"活济公"出来了,一段评话《济公》,形神皆备乐了听众。

跟其他说书艺人不同的是,钱铁城能自己创作编写。评话《济公》,他继承了上辈艺人的口传话本,又适当编撰增加了章节,比如《阳羡奇案》中济公云游到宜兴断了一桩奇案,宜兴听众都听入迷了,故事情节精彩,环环相扣,且都发生在本地,和桥闻家村、宜兴蛟桥、善卷寺,里面的地名人名个个说来亲切。表演中他集苏州评话、宜兴道情、常州滩簧于一体,融说、唱、演、表于一炉,形成国内南方曲艺的一种独有风格。他塑造的济公既是神也是人,就在百姓中间,钱铁城评话《济公》,茶馆里也就来了"活济公"。

那远去的孤寂背影

评书散场了。

钱铁城身着长衫缓缓而去 —— 他的背后,是老街、老茶馆、老作坊,以及那些奔八奔九奔百岁的白发听众。

如同黑白镜头出现在怀旧基调的影片中,他孤寂的背影被我们用相机拍摄定格了下来,视线里逐渐模糊的背影,是一个时代的远去,宜兴老茶馆几乎没有了,取而代之的是流淌着时尚气息的茶座、咖啡厅，与钱铁城同时代的说书艺人很多不在人世了，现在他成了宜兴唯一仍在各地说大书的人，而这个"唯一"让他看起来是如此孤寂。夕阳残照下的光景越发暗淡，这位从二十六岁起就开始说书的艺人五十年书场评说人间苦乐，却难言自己漂泊坎坷的一生。如今他没有亲人陪伴，靠政府每月三百七十元的低保金过日子，七十六岁了，一年中还要外出说书几个月，除了增加收入维持生活，更多的是一种情结，对评书艺术的不舍之情。平常，周铁镇上的文化站是他说书的重要根据地，宜兴本地听书的人是越来越少了，名声倒是响在外头，苏州、常州、昆山等地常有人来请他出场说大书。武进杨桥古街区着手修葺六十多年前的老书场时，他两次去考察、参谋，老书场落成时他去开讲三十场评话《济公》，《常州日报》专门作了报道。去年"宜兴说大书"被列入宜兴市非物质文化遗产名录，作为这一曲艺的传承人，钱铁城寻思着想招个徒弟，让这部书得以传承下去，但没有人愿意跟他学，这样的尴尬和无奈转换成一声叹息烙在心头。他年纪越来越大，不知道自己这样的坚守还能支撑多久。

　　一个孤寂的背影即将远去消逝，"宜兴说大书"的前世今生令我对人文故乡的触摸更为质感，那个远去的背影如果能华丽转身而来，也许，面对我们的将是鲜活生动的一面。在宜兴丰富的传统文化中，我们已经看到了这样华美的转身：梁祝爱情故事，一个民间传说在时尚的舞台上演绎了经典——"梁祝故里观蝶节"，传统与创新，文化与经济巧妙融合，成了推介宜兴的新名片。华美转身的还有民间传统舞蹈"男欢女嬉",过去只在宜兴乡间庙会上出演,今天也走进了上海世博会。曾经与宜兴紫砂文化、茶文化气脉相连的"宜兴说大书"说不定哪天也将转身而来,再度成为水乡茶洲里最为熨帖的"配音"。

(此文获第二十一届中国新闻奖报纸副刊作品初评暨2010年全国报纸副刊作品年赛金奖)

相关链接

"宜兴说大书"是用苏州方言和宜兴方言讲故事的语言艺术,多为单档,即一人独说,少有双档,即二人合说。有的只说不唱,有的有说有唱,还有念诵赋赞、挂口、引子、韵白等。以第一人称即说书人的语言讲故事称"表",用第三人称即故事中人物的语言则称"白","表"和"白"是说书中的叙事和代言。说书中的表演包括"手面"和"面风",即动作与表情。故事中人物的动作和表情由说书人用近似故事中人物的语言和形体来表达,叫做"起角色"。因艺人的说法、语言、起角色等方面的不同特色,形成不同的风格和流派。有的艺人说法严谨,语言经反复锤炼后基本固定,叫作"方口";有的随机应变,舌底生花,针对不同的听众即兴发挥，叫作"活口"；有的说表语如连珠，铿锵有力，叫作"快口"（也称"一口干"），相反，则叫"慢口"；有的以说表见长，少起角色，则为"平说"；有的以起某个角色见长，则享有"活关公"、"活周瑜"、"活济公"等美称。"宜兴说大书"特别注意噱，有"噱乃书中之宝"的说法。人物性格和情节矛盾在展开中产生的喜剧因素叫"肉里噱"；用比拟、借喻和解释性的穿插，叫"外插花"；用只言片语引起听众的笑声，叫"小卖"。"噱头蛮好"，最初是称赞说书人，现泛指能说会道之人。

"宜兴说大书"的话本融神怪、侠义、公案、社会、言情故事于一体，是多体合流的产物，多为章回小说，俗称"大书"。其来源有二：一是载入书本的定型作品，二是师长的传本。代表性曲目有《三国志》、《济公》、《英烈传》、《万花楼》、《天宝楼》、《牧羊阵》、《征南》、《施公案》等。

说书艺人服饰简单，着一袭长衫即可登台。全部道具仅一桌、一椅、一块惊堂木、一把纸折扇而已。演出场所主要是茶馆和书场。

"宜兴说大书"蕴含着丰富的历史文化内涵，折射出人们向善求美的良好愿望；其风格独特，欣赏性强，这也是数百年来广为流传的主因。

故乡小吃

　　小镇上很多好吃的东西能让我们思念，不单是食物本身，还有寻常巷陌中小人物鲜活生动的一面，他们的善良淳朴，以及在艰难岁月里尽力把日子往好里过的坚韧和乐观。

　　风味小吃是一个地方的风铃，那些留存在舌尖上的记忆让人回味无穷，就像一串串风铃在岁月的风沙中响起，声音清脆悦耳，令人难以忘怀。对故乡的念想，常常是从吃故乡的食品开始的。

　　我回周铁老家时常喜欢到老街上转转，捕捉别样的生活气息，倾听寻常百姓的欢喜悲歌，也试图从这里开始，辨认小镇的根脉深入泥土的所有走向。

　　周铁这个地方临近太湖，是个"活码头"。每年秋天太湖开捕时，银鱼、白虾、梅鲚鱼大量上市，用大木盆装着出售，人来人往的农贸市场从早到晚飘着鱼腥味。有一种长针刺的鱼，也有叫钉头鱼的，许多人家一买就是几十斤，弄干净后晾干，放在油锅里氽一下，做成角鱼干，用作下酒菜或小吃食品，那味道真是鲜美无比。我家乡的人说，吃角鱼干吃的是工夫。因为这种小鱼价格便宜，主要做起来"吃工夫"。五斤"胖鱼"，也就是五斤刚出水的新鲜鱼顶多做到一斤成品角鱼干。"胖鱼"拿来后先要去杂，小心捏掉有针的头嘴，挤出细小细小的鱼肚肠，洗净沥干用烧酒、生姜、辣椒、盐、糖等调料浸泡晾干后再下油锅，我表弟媳做的角鱼干特别好吃，"胖鱼"风干晾晒到什么程度，氽鱼时油锅多热她都有讲究。每年到了太湖开捕这个季节她就忙开了，前几天她在电话里跟我说，不少氽角鱼干的店家直接赶到太湖边去拿货，过去一块五角钱一斤的钉头鱼现在卖到八块钱一斤了，市场上去晚了还拿不到货呢。

　　秋风起，周铁人家做角鱼干忙，给至亲好友捎带上，吃的是"工夫"，吃是的"心意"。我想，周铁的角鱼干大概是故乡最有名的风味小吃了。当然有特色的小吃远不止这一种，过去还有三保豆腐花、乌龟子汤圆、沙月娥阳春面、杨绍昌甜白酒等名目繁多的小吃。

　　记得年幼时，吃豆腐花是冬天最温暖的记忆，大人们时常在晨曦薄雾中等待着卖豆腐花的三保到来。终于等来了，远远地就可以看见那个矮短身材的三保一摇一晃地过来，脖子上系着一条白毛巾，肩头压着一根扁担发出吱吱声，扁担两头晃着圆形木桶，里面装的当然是大家期待的豆腐花，五分钱一碗。

三保通常把担子停歇在油条麻糕店对面，油条麻糕加一碗豆腐花是那个时候最好不过的早餐了。儿时的我除了想吃，还喜欢看他操作的过程。当他揭开罩在木桶上用白色布料反复包扎多层的盖子时，白气就飘散开来，带着淡淡的豆香。我喜欢看豆腐花白玉般水灵灵的样子。看着三保老伯用一种紫铜片制成的浅铲熟练地舀着一片片的豆腐花，放入碗中的过程相当仔细，生怕弄碎了。盛进碗里的豆腐花凝滑得像玉脂，然后他就在碗里放各种调料，酱油、味精、辣油、葱花、香菜、虾米、榨菜丝……那白嫩嫩的、泛着柔柔光泽的豆腐花加上碧绿的香菜、葱花，色泽真是好看。

三保除了卖豆腐花，秋收后新米上来轧了糯米粉，他还做一种叫乌龟子汤圆的甜点小吃。我家乡的人把这种细小如乌龟蛋形状的汤圆叫做乌龟子汤圆，挺形象的，这种叫法在别处我还没听说过呢。那么小的汤圆三保不是一个个用手"搓"出来的，而是"抖"出来的，将调好的米粉放在筛米糠的筛子里上下来回不停地抖动，就成圆了。那个汤圆也格外好吃，细糯香甜，碗里放着桂花，洁白中见点点嫩黄。

三保上午卖豆腐花，下午卖乌龟子汤圆，整日忙碌不息。他做生意实诚，为人也厚道。那个时候一般人家的经济状况都不怎么好，贫穷的人家会向三保弄点豆腐渣回去放上大蒜炒菜吃，而三保卖豆腐花时，总是将豆腐渣留着给人家，不收一分钱。至今想来，那样的乡情依然十分温暖。

许多时候我们对某件事、某个人的念想往往融进了这样温暖的情感。小镇上很多好吃的东西能让我们思念，不单是食品本身，还有寻常巷陌中小人物鲜活生动的一面，他们的善良淳朴，以及在艰难岁月里尽力把日子往好里过的坚韧和乐观。

说起周铁的小吃，阳春面也是很出名的。许多外地人到了周铁，都会寻着到小吃店吃一碗沙月娥下的阳春面，本地人不用说，那更是喜欢吃了。

周铁市桥有个叫戴遗宝的汉子，上世纪70年代有一天收工时他跟下放的知青说，他最向往的天堂日子是，上街花七分钱吃一碗沙月娥下的阳春面，一角钱吃一包冯玉明烧的猪头肉，再花五分钱到澡堂里洗个澡。戴遗宝家里穷，在他还没出生时父亲就去世了，因为是遗腹子，所以取名遗宝。他向往的天堂日子现在听来十分可笑，但那个时候大家都贫穷，阳春面、猪头肉的确是人们想吃到的美食。

阳春面又称光面和清汤面，是一种不加任何菜肴配料而只有汤的面条。周铁的阳春面，其特点是面条韧糯滑爽。面馆用的是三眼大灶，左边的煮面，右首的熬汤。用来下面条的锅子是一口大铁锅，锅中水烧开后放入面条，用两根又长又粗的竹筷搅散，煮至断生刚熟，用笊篱子捞起盛入碗中。

大凡好面，多半在汤，周铁的阳春面，汤不用煮面那锅汤，而是用另外一锅里的肉骨头汤。好汤几小时熬制，诚意的心做出了阳春面的好味道。那浅红的汤、淡黄的面、碧绿的蒜末、晶莹的油花，令人赏心悦目，舌齿留味。那个小店一天要轧一百多斤面条，从早到晚能卖出五百多碗面。给顾客下面的沙月娥是个经历坎坷的女人，但从她脸上看不到凄苦。印象中，她的样子从从容容，总是把自己梳理得整齐干净。

无论是三保豆腐花、乌龟子汤圆还是沙月娥阳春面，这些都是遥远岁月中温暖的记忆了。现今你要是走进周铁农贸市场，依然可以看到经营各式小吃的人，卖粽子的妇人坐在街市边，热乎乎的粽子埋在大锅里，清香却藏不住；推着小车的老伯在卖豆腐花……现在要说周铁最有名的小吃，除了"角鱼干"，那要算梅姨臭豆腐和分水老张豆腐花了。

"梅姨"这样的称呼让人心生亲切。叫"梅姨"的人叫蒋梅琴。去年，有网友将她制作臭豆腐的过程录制成视频文件，发在人人网、微博等网络平台上，一周不到的时间里，点击量就超过一万人次。百度搜索"梅姨臭豆腐"，竟有几千条信息。有留言："不吃梅姨臭豆腐就不算到过周铁。"

人人都叫她梅姨，叫一声梅姨就像回到了儿时的家。那条偏僻的小巷每天吸引无数人，站着等着只为吃一碗热腾腾的臭豆腐。那炸得金灿灿的臭豆腐，配上玉洁洁的年糕片、红艳艳的番茄酱、嫩绿绿的香菜，色泽诱人，端起碗品尝，一出香臭交集的舌尖喜剧就此开演。臭豆腐的要素是"臭"，而妙在"香"，闻起来臭吃起来香，这是臭豆腐的魅力所在。梅姨臭豆腐之所以受到追捧，很大一部分原因是食材好，配制的酱料味道独特。

周铁沿太湖的渎区种蔬菜远近闻名，特别是长梗白菜和芥菜产量高，秋冬腌白菜春季腌芥菜成为农家闹猛的事。腌菜的汁可以做成臭卤，所以周铁很多人家都有臭坛子。豆腐干、切下来的菜大头都往臭坛子里放，浸两天拿出来就可做成风味独特的一道菜了。梅姨根据自家多年的制作经验，将臭豆腐做出了名气。她做食品的时候就当家人吃的一样来做，选用的食材地道正宗，豆腐放臭坛子里浸多长时间都很讲究。亲手熬制的番茄酱、辣油，搭配比例恰到好处，原汁原味，不加任何添加剂。里外忙活的梅姨夫妇说不出多么高深的经营理念，但一句"当自家人吃的一样来做"，听来无比真诚朴素。是啊，现在做食品如果都用心当自家人吃那样来做，那食品安全就没有那么多的问题了。

回家，找寻卖臭豆腐的摊子，那是故乡的味道、家的味道。故乡不仅仅是一个单纯的词，更是一种让人怀恋的生活方式，那里有贴心的暖，有市井烟火中的熟络与自在。我觉得，一个地方的风味小吃通常能够突出反映当地的风土人情。如果把风味小吃比作一个地方的风铃，那可千万别小看了它。风铃是点缀品，加深人们的记忆和印象，风中响起清脆的声音，多少有点温情甚至浪漫。

2012 年 4 月 20 日

西桥，西桥

西桥，在中国无数的乡村中，是最平凡普通不过的村庄。因为七十多年前发生在这片土地上的故事、传奇，西桥有了独特的文化符号和精神气质。

西桥，是一本打开的书，在历史的光影里，我们走近，一再重读，这是一处可以将你灵魂和目光吸引的地方。

那一年，行知先生来到周铁西桥，激情献词"迎接新西桥"——西桥，西桥，你像冬天的阳光，向大地照耀……

那一年，社会即学校，生活即教育，劳动即生活，教学做合一的理念在西桥播种。

那一年，"村里没有钱，办不起学校，怎么办？等等等，等到胡子白还没有地方求学，怎么办？"一个声音在全国响起：跟西桥学！

……

岁月流逝，七十多年前一样的阳光，一样地照着这个叫西桥的村庄。而今，四合院的校舍，灰瓦白墙，透着无言的静美。环顾凝望，还能望见岁月深处流水般的沧桑，那些饱满生动的细部。那落满灰尘的旧式风琴、斑驳的摇铃、布满皱纹的长台都告诉你曾经的岁月、曾经的往事，悠悠情愫，深情持久地定格于光阴深处。

西桥，让我们如此亲近，好像从未远离。

一段历史——
十万滴热血，十万斤力量

20 世纪 30 年代初，位于太湖之滨的周铁分水西桥下北塘村，有一位叫承国英的青年，他利用自家的房子帮助村上的穷苦孩子读书识字。国英经常读书看报，很早就对中国基础教育改革探索的先驱者陶行知心怀敬意。有次他跑遍无锡各家书店，买到一本陶行知先生所著的《中国教育改革》。夜晚，在昏暗的油灯下，他读到这样的话：

"中国的乡村教育走错了路，它教人从乡下往城里跑，它教人吃饭不种稻，穿衣不种棉，住房不造林，它教人羡慕奢华，轻视劳动，坐吃山空……"

"急需悬崖勒马，彻底创新。"

"我们要兴邦，就要把中国人民从奴隶变为主人，使他们温饱、进步、聪明……"

读到这里，承国英好像在无星无月的黑夜里看到了一道曙光和希望，他找到了生活的方向。那时，他从报纸上看到陶先生为劳苦大众办教育、办学校，上海开办山海工学团消息，就和两位同伴抱着试试看的心情冒昧地给陶先生写了封信，向他求教工学团的性质、内容和开办方法。没想到的是陶先生很快给他们复信："国英、庆娥、容仪三位同学：我正拟电报答复一位摩登伟人的时候，接到您们七月十五日给我的来信，我立即把电报搁下，什么事都没有比回复您们的信重要……您们的信给了我一个很大的感动……"

在陶先生的世界里，"小孩和青年是最大，比什么伟人还大"，他俯下身来在信中与他们亲切交谈。

国英收到陶先生的回信喜出望外，在此后的几个月里，他和陶先生一直保持着书信来往。西桥的农民知道国英要办学，都很高兴，在大家的帮助下很快确定了校址，选择了西桥庵堂西南附近的空房子。经过整修，布置了两个教室、一个办公室、一个书报阅览室和一个教师宿舍。门前平整了一个小操场，竖起了旗杆。国英还说服新婚妻子卖了结婚戒指给学校添置了风琴和时钟。1933年冬，陶先生从上海派陆静山和小先生侣朋等四人带着一批书和三十元大洋来到国英家中，协助筹办学校。1934年1月1日，西桥召开农民大会，会上陆静山宣读了陶先生致西桥小学董事会的信。信中写道："国英先生系中国最有希望之青年。我和他没有见过面,但自去年七月十五日起,我们时常通信。他在五个月当中,曾经给过我十万字的信。这十万字的信,乃十万滴热血、十万斤力量。西桥得一国英,胜得百万黄金,那是最可恭贺的一件事。他办儿童工学团是一定会成功的,拿他这样精神办事,是不会不成功的……"

1934年1月,一所新学校诞生——西桥工学团办起来了。新学校开学吸引了四面八方十六个村一百多个孩子来上学。

一腔热情——
到西桥去,跟西桥学

那个冬天,陶先生派到西桥来的小先生中有一位叫侣朋的人,当时只有十四五岁,身着学生装,头上戴一顶带球的绒线帽。他还是个稚气未脱的孩子,在西桥两个星期他写给妈妈八封信,每一封信都让人感受到当时西桥办学的热烈和孩子们求学的热情。

"亲爱的妈妈!假使你从湖南旅行回来,还不能见到你的孩子,那就是我到西桥去了,为着另外一个地方的不识字的农家孩子去服务的。"

"是不是吃好东西、穿好衣就算过年?不是!妈妈!我们的过年是:大家在一起开会做戏、演说,干一件有意义的事。今天元旦开农民大会,一共来了三百多人。有五个人上去说话的。妈妈!别人的演说，现在不说，先把我的演说来说给你听，请你指正好吗？"

"我就要离开西桥了，每个小朋友都给我些可爱的纪念品。最宝贵的，亲爱的妈妈！一个很穷的农人的孩子，送我一个鞋拔子……"

到西桥去，跟西桥学！这是陶先生看到中国普及教育存在的问题后，对西桥寄予的厚望。当时正如他分析的那样，中国是半殖民地国家，帝国主义之侵略加上天灾，是不能梦想花许多钱来办教育的。因此他在《生活教育》刊物上发表《跟西桥学》一文："村里没有钱，办不起学校，怎么办？等等等，等到胡子白还没有地方求学，怎么办？只有一个办法：跟西桥学！"

西桥工学团办起来后担任教员的有六位小先生，他们把六十几位小学生统变成第二代小先生。每一个学生回家都要教村上三五个人识字，普教阵地扩展到放牛娃、割草姑娘、童养媳等对象。

1934 年的春天，江南农村桃红柳绿分外妖娆。有个叫承浩光的少年正光着脚在田里玩，忽见路上来了几个身穿西装的人，头里一位热情地向他打招呼："小朋友，这里到西桥往哪里走？"机灵的浩光说："你们去我们学校吗？"来者笑着点点头。浩光主动带路，一路上有三三两两的人好奇地跟在后面，快到西桥校门时，浩光飞快跑进去告诉大哥国英来客人了。大哥出门一看是陶先生欣喜万分，跟在后面看热闹的人一听说是陶先生，马上四处奔走相告："陶先生来了，陶先生来了！"很快，学校教室里、院子里挤满了人。在学校召开的欢迎大会上，陶先生激情献词《迎接新西桥》：

"西桥，西桥，你像冬天的阳光，向大地照耀。你像旱天的雨露，滋润田间禾苗。愿你抚养新生命，为穷人解决温饱，让你掌握新扫帚，将文盲腐朽清扫……"

陶先生把足迹留在了西桥，也把一腔热情献给了西桥。他密切关注着这里的变化，与"小先生"们通信，并把他们的书信和日记发表在上海《生活教育》月刊上。到了寒暑假期间，陶先生还邀请国英他们前往上海山海工学团参加讲习会，在那里接触进步人士，聆听邹韬奋、李公朴等名人讲演。革命的火种在西桥悄然播种。抗日战争爆发后，西桥工学团被迫停办。一批师生走上革命道路，杭茂祥、承玉生、承容宽等人先后牺牲。曾到西桥指导办学的张劲夫后来成为国务委员，历史将永远记住那些可敬可爱的西桥人。

一种精神——
超越时代，穿越时空

西桥好！你是饥民队的大饼油条。你是穷人过冬的破棉袄。你的小孩都做了小先生，先生虽小志不小。你的老人都做了老学生，学生虽老心不老。西桥好！西桥好！没有一个地方再比西桥好。

陶行知一生写了大量的通俗诗歌，被誉为"大众诗人"。现存《陶行知全集》中收录了一首——《西桥好》，这是西桥工学团创办一周年时陶行知写下的诗篇。这首诗让我们感受到陶先生对西桥发自内心的赞美。因为陶行知，因为承国英，因为一批热血青年，西桥变得格外生动饱满。

在分水，现在有这样一所学校，因为跟西桥有缘，它把行知精神镌刻在生命里，这所学校叫分水实验小学。

金红梅是农家的孩子，父母残疾，家里穷，买不起文具甚至吃不上饭，可是她在这里度过了六年快乐的时光，吃饭不花钱，一切免费。最有意思的是，学校的作文课常常不在教室里，而是在林果场、特种养殖场。六年小学，她学会了"爱"字，爱大自然、爱生活。

"捧着一颗心来，不带半根草去。""千教万教教人求真，千学万学学做真人。""真教育是心心相印的活动，唯独从心里发出来，才能打动心灵的深处。"这些朴素的执教理念简单清晰地道出了教育的真谛，深深影响了分水一代又一代教师。如今的分水实验小学，将行知教育思想的精髓贯彻到每一个环节并在素质教育中创新。一走进小学大门，就会感到浓浓的学陶气氛，最醒目的是一座巍然挺立的陶行知汉白玉雕像，尚知楼、求知楼、行知楼、尚知路、求知路、行知路、博爱路无不体现着对陶行知的无限怀念和崇敬，每一处地方都充满了陶行知的教育思想。从事三十多年农村教育工作的老校长贾克元是一位"陶迷"，他在研究陶行知教育思想中感受深刻：行知教育思想超越时代，穿越时空。

西桥让我们如此亲近，好像从未远离，从未远离的是西桥的血脉气韵——行知精神。

2012 年 5 月 18 日

金沙塘 银沙塘

　　如果你到沙塘港，你要留心寻访蒋捷的足迹，选一个烟雨蒙蒙的日子听雨，感悟七百多年前蒋捷归隐时的心境。

　　如果你到沙塘港，你要留心追寻独具风情的船文化，选一个风和日丽的日子远望，遥想太湖白鹭飞翔、风帆共举、轻舟齐发的场景。

　　如果你到沙塘港，你要留心踏访传说中的仙人洞，选一个云淡风轻的日子探究，听老人们讲一讲仙人洞的故事以及它深藏的秘密。

　　如果你到沙塘港，你要留心捕捉每一个动人的瞬间和跳动的音符，那春日里的风筝节、秋日里的农民文化节……

　　微风起，渔舟远了，炊烟斜了，夕阳醉了。

　　这就是金沙塘，银沙塘。

港口——沙塘港。

写下这个地名，脑海里即刻跳出它的样子，可以勾画出一幅简约的图像：太湖边周铁的一个村庄，广袤的田野青翠碧绿鲜活，蔬菜从这里运往各地。村庄东南面有竺山，山不足百米高，它从太湖西岸北端延伸入湖，西接陆地东入太湖，绵延三里许，与无锡马山遥遥相望……这样的简图是粗略的、平面的，如果用人文为背景，以故事为点缀，赋予它丰富的色彩，那它一下子就灵动了、婉约了、浪漫了。

（一）

"流光容易把人抛，红了樱桃，绿了芭蕉。""白鸥问我泊孤舟，是身留，是心留？""而今听雨僧庐下，鬓已星星也。"这是宋词中蒋捷脍炙人口的经典之句。蒋捷，宜兴人，字胜欲，号竹山，宋末四大家之一，1279 年宋亡后不愿为官，选择太湖之滨的竺山福善寺为归隐之处，人们称他为竹山先生，留有《竹山词》。

现今，沙塘港面朝太湖的地方有一座福善寺，梵音声声里，湖风涛声相拥。

这是农历正月十二，一个春寒料峭的下午，福善寺旁侧的一扇小门打开了，有台阶向上通往一个小山坡，山坡上有一墓，杏黄色的围护墙上写着"蒋捷古墓"四个字。

村里两位热心老人——杨小根和胡岳良站在古墓旁跟我讲述蒋捷的故事,遥远的岁月恍若烟云,唯有耳际不时传来的梵音让人感觉是近距离的。阶前凄草、墓旁竹枝,一任寒风吹动摇曳。在乍暖还寒、最难将息的时节,遥想,视万物皆有情思的蒋捷与你打着隔世的招呼,心也一下子暖和了。无从考证此墓的真实性,也无法断定地下长眠的确实是蒋捷,但这些并不重要。那垒起的坟茔,是后人心中的念想,人们怀念这位词人。

蒋捷与沙塘港有着不解之缘,当年为避开元王朝封官晋爵的干扰,同时也为糊口,他在隐居地设馆授徒当塾师。沙塘港村的杭姓是望族,2005年,杭氏续修宗谱时发现旧谱中有多篇序文提到蒋捷,称蒋捷隐居竺山时把地方族人、青年才子的读书热情调动起来,以致才会出现人才辈出的局面。

七百多年过去了,蒋捷的故事代代相传,现今福善寺还保存着一口相传是他送给寺里的"镜水如意凤缸"。村里有不少人说到蒋捷如数家珍,今年七十二岁的胡岳良能背诵多首蒋捷词,说到动情处,老人陶醉了:"多好的词啊,少年欢畅,壮年漂泊,晚年枯寂,一生际遇皆浓缩在《虞美人·听雨》里了。"老胡居然能声情并茂、一字不漏地背诵:"少年听雨歌楼上,红烛昏罗帐。壮年听雨客舟中,江阔云低、断雁叫西风。而今听雨僧庐下,鬓已星星也。悲欢离合总无情,一任阶前、点滴到天明。"

此词是蒋捷隐居在竺山福善寺所作,人生三部曲,蓦然回首,一切皆成往事。故国之思、山河之恸、苍凉悲壮，尽在一窗冷雨中。这首词的沧桑感不但折射了同时代人的共同经历，也引起后人的强烈共鸣，数百年来它始终鲜活浸润着人们的心田，著名画家尹瘦石之子尹汉胤就曾写下《竺山听雨》一文。

到竺山来听雨，这是对蒋捷最深切的怀念，也是我们内心深处的自我抚慰。何尝不是这样的呢？

（二）

还记得太湖水面上的扯篷船吗？沙塘港是宜兴出太湖的重要港口，过去每天从沙塘港进太湖的扯篷船少则几十条，多则几百条，风帆猎猎，气势不凡。如今扯篷船已渐渐淡出，但是沙塘港村独具特色的"船文化"依然精彩动人，"船神"赤脚黄泥郎的故事家喻户晓。

在沙塘港村，老一辈的人提到船就滔滔不绝，他们对船太有感情了。这里水网交织，一里一溇，溇区盛产冬瓜、萝卜、百合、芋头，以前农民过太湖到无锡、常州卖菜都要用到船，太湖人家将船看作亲密伴侣。

郑顺华是沙塘港村的老木匠，他对船的感情来自于父辈，打小他就听父亲讲述风口浪尖的航行生活，讲太湖"船神"赤脚黄泥郎的故事。黄泥郎是沙塘港附近的一名年轻后生，乐于助人且水性好，有高超的驾船技术。只要太湖有船遇难，他鞋子都来不及穿，赤着脚奔去救难，所以称他为赤脚黄泥郎。相传，西汉光武帝刘秀在太湖遇险，黄泥郎挺身救护使他转危为安。刘秀登基后感念救护之恩，封他为"黄泥相公"。黄泥郎在一次施救中遇难，后人为纪念他，在太湖边建"黄泥相公庵"，为他塑像，敬奉为"船神"。

郑顺华正是听着这样的故事长大的，他十七岁学木匠，跟修船的父亲学得了木工好手艺，锯、刨、凿、雕，无不精通。现如今船逐渐退出了人们的生活，扯篷船已成为遥远的记忆，郑顺华心中的船情结却日益加深，他想亲手打造一艘扯篷船，让后人感知太湖船文化。为此，他日夜构思，设计船样，修改船头船艄的尺寸，耗资数万元，用八个月时间打造了一艘扯篷船。2010年，他六十岁生日，在这年的中秋节他将此船献给竺山福善寺。

这是他的呕心沥血之作，整艘船造型逼真，弧形拼装，榫卯对接，篷橹绳索篙撬橹舵，用材考究，制作精巧，无不显示他高超的技艺。那天，我们在他家里，听他讲述制作这艘船的来龙去脉，他拿出了一把钢钉给我们看，做这船用了三十多斤钢钉。

如今，沙塘港村除了有郑顺华这样的能工巧匠会制作船，还有多位收集研究船文化的热心人，他们知晓"航船经"，对船型种类了如指掌，五道篷、七道篷的大姑船，三道篷的匜虾船，一道篷、两道篷的农用船、小渔船。这些丰富的人文信息构成了沙塘港村独特的"船文化"。

（三）

沙塘港村流传着这样一则故事：当年范蠡辅佐越王勾践灭吴复国，之后急流勇退归隐民间，偕西施驾舟离别姑苏泛游太湖。相传他们在竺山歇脚，忽然从草丛中钻出一只白狐，摆动长尾拂去大石头上的泥土，示意西施坐下，然后钻进一个洞里去了。西施嘱船娘追寻白狐，进洞后发觉此洞可通对岸马山。

竺山仙人洞是神话传说。神话传说大多虚无缥缈，但竺山过去确有一神秘的洞，至于它能否通到马山，没有人验证过，也没有史料详记。今年六十三岁的杨小根是土生土长的沙塘港人，在他八九岁的时候有过一次仙人洞的"探险"经历：那时的他人小胆子大，曾沿着洞口往里走，只觉里面黑乎乎的，洞宽有五六米的样子，走进去十几米，就没敢深入下去。他倒不是怕狐仙怕妖怪，是怕蛇冷不防出来咬他一口。按照他的分析，此洞通到马山是不可能的。至于为何会形成一个洞，按山体结构成分来看，一层白泥一层岩石，随着风雨侵蚀，白泥层脱落形成洞，这是很有可能的。

仙人洞激起人们探究的欲望，那个洞口还在吗？竺山又在哪里呢？在太湖边行走，在沙塘港村踏访，我放眼寻找后非常遗憾和失落：没有看到竺山的身影，更别说仙人洞了。杨小根指着湖边的一块平地说，这就是竺山的位置，仙人洞应该在这个地方。非常之可惜，竺山在上世纪 70 年代开山炸石的炮声中被炸毁了，仙人洞也不复存在。老杨唏嘘不已："这是沙塘港人心中永远的痛。"

竺山虽已消亡，但竺山不死，竺山活在沙塘港村民的心中。不是吗？当年围湖造田、开山炸石的村民醒悟过来后，如今加倍地在偿还欠下的债，按照心中秀美竺山的模样，他们将竺山文化搞得风生水起，这是我在踏访过程中最感欣慰的事。

我深深祝福：金沙塘，银沙塘，别样美，别样红！

2014 年 2 月 24 日

在乡村吃年饭

乡下的酒宴开席比较早，说是吃夜饭，实际上天还没暗下来，人头就差不多到齐了，五点钟一到就开席。村里的活动室临时用来放酒席，横着排三桌，竖着放四桌，一共十二桌。

这是正月十八的晚上。按理讲，年饭吃到正月十五就结束了，过了元宵节，这个新年就算过完，不再讲吃年饭。沙塘港村的年饭排到年初十八吃，这要算是特例了。新年头上，村里的人忙着跑亲戚吃年饭，完了又忙着元宵节的文艺活动，正月十八才得空。船蚌队、龙灯队、腰鼓队，一共十二支特色文艺团队，人头有一百多个。村里想请大家。

村书记王仁安是个实在头人，宣布开席时站起来只简单讲了几句："我们沙塘港村文化活动丰富多彩，去年亮点不少，出彩的地方很多。今年我们将举办第二十届竺山文化艺术节，大家一如既往啊。"话说完就开席，坐着的人站起来响应，端起小碗相互碰一下。沙塘港村民风非常淳朴，企业家捐资赞助文化活动蔚然成风，一个村连续二十年举办文化艺术节，这在全宜兴是绝无仅有的。农民自己作词，请人谱曲，村歌有三首，种菜的会唱戏，油漆匠会画画，调龙灯、打腰鼓、抖空竹、放风筝，这些都玩得远近闻名。

　　村里请客，来帮忙的人不少，买菜洗菜切菜都有人忙乎，这是乡村特色。厨子是外面请来的，按他开的菜单，村里提前两天就开始采办了。掌勺的厨师提前一天来"开白锅"，当地人说的"开白锅"，也就是预先来做准备工作，比如冷盆中的糖醋排骨、猪舌头之类都要提前烧好。用慢火煨的鸡、烧鱼糊用到的鱼隔夜都要处理好，免得开席时上菜节奏乱。乡村酒席有乡村的烧法，最主要是新鲜实惠闹热。酒宴开席后，只见帮着端菜的妇女往返穿行，热腾鲜香，这样的乡村风情我已多年不见。

　　我经常到沙塘港村采访接地气，熟悉村里好多人，这次吃年饭他们特邀我参加，安排我坐主桌。我旁边坐的是老杨，杨小根。见到他，我乐了。元宵节前夕，周铁镇敬老院的院长托我出面牵牵线，请沙塘港文艺团队去表演一回，让老人们高兴高兴。我跟老杨一说，他爽快答应了，元宵节如约带人去表演，龙灯队、锣鼓队去了不少人。就凭这件事我也要单独敬老杨一杯酒的，老杨笑呵呵端起碗喝了一大口。

这个村的人像当地盛产的萝卜一样，朴实、脆爽，喝酒不叫喝酒，叫吃酒，男的吃酒不用杯，用小碗。

说话敬酒间，气氛活跃起来了，室内音响放着欢快的旋律，只见腰鼓队的头领陈惠芳走上台开始点人唱歌，乡村的人那真叫大方，点到谁，谁就唱。在场的人都会亮一手，女的既不矜持也不忸怩，从《西游记》插曲《女儿情》，到邓丽君的《又见炊烟》，再到唱《爱情这杯酒谁喝都得醉》。

啊哟哟，我听听都要醉了。

女的一首接一首，男的忍不住了，唱京剧唱锡剧。都是农村种菜的庄稼汉，平常田里出力干活肺活量比城里人大，一亮嗓中气十足。起初还要陈惠芬点了名上去唱，没多久就自己帮自己点曲了。有人上台唱京剧《沙家浜》郭建光的那一段了，"祖国的好山河寸土不让"，宽广的嗓音赢得满堂喝彩，坐在我旁边的老杨更是起劲拍手叫好。

"以前我当民兵营长的时候，他是民兵。"老杨指着台上的"郭建光"，有点得意地说。

老杨是文化特色团队的灵魂人物，去年他被评为无锡市好人，报社电视台要采访，他一概谢绝。他私下跟我讲："我欢喜打打牌，报纸上一宣传我，用先进典型来要求，我自己觉得还不够标准。"

我理解他说的打打牌，估计是打个小麻将之类的。老杨六十三岁，安享幸福的年龄，做点自己喜欢做的事，比如不拿报酬志愿为沙塘港村文化活动奔忙，平常也会打个小牌娱乐一下子，我觉得这是很正常的事，不影响他成为一个好人。他是一个真实的人，蛮生动有趣的人，我到过他家，很温暖的农家。向阳的院子里种着茶花树、枇杷树，鸟笼里的八哥一见有人来了就叫唤："你好，欢迎你。你好，欢迎你。"还学着老杨唤孙子回家的腔调："再不家来，要打你咧。"引得我哈哈大笑。之前，我跟沙塘港村的来往源于老杨他们搞的竺山民间文化研究会，我对这个民间组织比较感兴趣，他们收集宋代词人蒋捷的故事、挖掘太湖船文化、整理宗谱褒奖等，将竺山文化搞得风生水起，春天搞风筝节，秋天搞艺术节，一村子的人都被激活了。

你看那个叫杭田顺的老汉，平常就是个种菜的农民，没什么特别之处，但是他一上台就神采飞扬，他唱锡剧《青蛇传》里的那段《十八年》，声情并茂韵味十足。他不光是戏曲队的骨干，还是空竹队的成员、舞龙队里的主力。

农民有自己的精神生活，有文化追求，这是一件美好的事情。什么叫新农村，我想这大概就是吧。

在乡村吃年饭，我醉了，不是吃酒醉了，是陶醉。

2014 年 2 月 25 日

横塘河往事

　　午后的阳光温暖明亮，腌芥菜的人家将竹匾、竹席放在晒场上，整棵芥菜切碎后铺开来晒，一大片绿嫩嫩点亮了行人的眼睛。碧绿鲜嫩的芥菜，黑白浅灰的古镇，两种色调在春天里搭配，生活气息扑面而来。春日里的古镇周铁，恰如一位老人，手腕上戴着温润的玉镯，安详的气质有了一丝灵动。

　　沿着横塘河行走，不时有熟人与我打着招呼。坐门口晒太阳的婆婆、站河埠头洗拖把的妇女、开杂货店的老板……安然笃定，朴素呈现在午后静谧的时光里。我从宜兴城里来，沿横塘河行走，找寻生命中最质朴的记忆。如今，2.6公里长的"塘河水韵"以全新的面容展现，新砌的护栏、新修的驳岸、新配置的灯饰，未经岁月打磨的"新"多少缺点味道，略显生硬。我试图用一种柔和的颜色，赋予它丝绸一般的柔软，用身处其中的印象和故事，呈现它感性的部分。

太湖边的周铁，是一个让人想起来感觉亲切的小镇。记得那时候常有大姑船和杨梅船来，当地人将五道篷、三道篷的扯篷船叫做大姑船。这"gu"字根据读音有写成"古"字的，我理解看来确切点应该是"姑船"，姑苏的"姑"。因为船上的渔民大多来自姑苏吴江一带，他们在岸上没有房子，常年在太湖里捕鱼，扯篷船便是他们的家。每隔段时间渔民就要到镇上来采购生活用品，捕鱼船顺风向走，天气刮东南风，这些捉鱼船就开到周铁太湖边上。五道篷、三道篷的船，体位比较大吃水深，进入内河容易搁浅，渔民一般将扯篷船停靠在太湖边上，摇小舢板船到横塘河码头上岸。小舢板摇起来轻巧，调头快，双手划桨的样子在孩子们看来十分有趣好玩。当渔民们将小舢板的缆绳系在河岸边时，镇上"野"一点的男孩子瞅着船上没人，会爬上去解开绳索将船划走。江南水乡的孩子大多会游水，而且水性好，玩玩水、弄弄小舢板是他们最难得的小乐子。有的将船划到别处,让渔民回来后找不到船;还有更调皮捣蛋的将舢板弄了个底朝天,当然这少不了大人的一顿臭骂。

姑船上的渔民装束打扮跟镇上人不同,女的扎头巾,用花夹子夹头发,发髻上还戴花。无论男女走起路来两脚都呈外八字,我们常跟在后面学他们走路,样子非常搞笑。记得念小学四五年级的时候,学校里排练节目,我同学王锡君扮演老渔民,下巴用毛笔画了几撮胡子,出场时唱着"老汉我今年七十整,漂泊湖上大半生,尝尽昔日渔民苦,深知党的大恩情",见他迈着渔民特有的八字步在台上演唱,我们看着都笑死了,学渔民走路真的惟妙惟肖。

那个时候渔民上岸后常会到镇上人家歇歇脚,日子久了就结成朋友当作亲戚。镇上许多人家有船上的老熟人或者亲戚,东南风一吹,小镇上的居民就念叨了,姑船上的人今天要上岸来了,于是特意多买点菜,锅里多烧点饭。渔民一般不空手上岸,他们将刚刚捕起来的新鲜鱼虾送到熟识的人家,然后去商店采购生活用品或是去裁缝铺里做身衣裳,东西买齐、事情办妥后再到镇上人家吃饭。这一天,小镇的空气里飘着鱼腥味,渔民带上来的太湖水产有银鱼、白虾、白鱼、鳗鱼等等,镇上人家收下新鲜鱼虾通常会回礼。回礼的东西有油面筋、粉丝、笋干、白糖、红枣之类。

我家也有一个船上亲戚,姓陈,讲一口软糯的苏州吴江话。陈家大儿子在岸上出生,陈妈妈一时没有奶水,这个男孩吃过我妈妈几次奶。因为有了这层关系,从此就当亲戚人家跑,陈妈妈每次上岸必来我家。我印象最深的是,她送来的角鱼干非常好吃。这种角鱼干不是油炸的，是放船篷上晾晒到一定程度制成的，吃起来特别香。我们两家的关系维持了近二十年之久，一直到他们后来不捉鱼，上岸在吴江一带定居，彼此关系才疏远。

在过去的年代，人与人交往，凭良心重信义，小镇上的居民好客，船上的渔民也讲诚信。现今在镇上开杂货店的老板杨小良说起横塘河往事依然记忆犹新。他家是镇上的老商户，经营南北杂货，过去的营业收入有很大一部分来自姑船上的渔民。小良的父亲杨兆锋很会做生意，到他店里买东西的渔民如果手头钱不宽余，可以赊欠记个账，下次来还或者累积起来算账。后来小良的父亲死了，留下的账本上记下了客户名字和欠款数目。人死了，账也成了死账，如果对方不主动来还钱，小良娘也没有办法，因为这些渔民都是来去匆匆，面熟陌生，她拿了账本对不上人头。但是，这些渔民是诚信的，后来都络绎来还钱了，甚至有人还了本钱还提出付利息，小良娘没肯收利息。

船上人大多信佛，他们不欠来生债，今生欠的债今生一定要还掉。他们相信人在做，天在看，人要讲良心。

周铁是"活码头"，横塘河缓缓流淌，犹如血脉，赋予小镇生机与活力。廊棚是江南水乡的魂魄，是小镇的精华。那个时候，横塘河畔搭有弓形廊棚，称之为"行里"，这是小镇最繁华的场所。太湖上来的鲜鱼鲜虾，马山过来的杨梅都进"行里"交易。每到黄梅季节，横塘河停满了船，大筐小箩的杨梅吸引了周边地区的客户。镇上的妇女会拿下马山人的货，然后批发给别人。我妈妈喜欢捣鼓做生意，人家贩杨梅她自然也参与其中，一个黄梅季节总是忙得不亦乐乎。卖杨梅的马山人中，有一位姓周的老伯，为人比较好，尤其喜欢小孩子。有一天，周老伯提出要带我到马山去玩几天，我妈妈竟然答应了。那一年我八岁，这是我第一次坐船进入太湖，也许是年龄小的缘故，整个印象比较模糊，只记得晕船在船舱里睡觉，全程都在睡。中途有两次迷迷糊糊醒来，睁开眼看到摇船的人，看到风帆，看到白茫茫的湖面。

周铁到马山，水路十八里，扯篷船顺风顺水，不长时间就抵达目的地。我在马山三天，周老伯一家待我很好，等他们再次到周铁卖杨梅，我随船回家。

长大后，我非常想不通，父母亲怎么会放心别人带我走？妈妈就不怕人家把我拐走？父亲回想起来也觉得不可思议，他说，就是啊，你娘就会相信人家，心里一点不设防。

何止是我娘不设防呢？那个年代的人都这样，会相信人家，放心人家，而人家也不会使坏，淳朴待你，这在现在看来是多么难能可贵。

岁月无声，往事如烟，而今，横塘河静静流淌，新修的廊棚还原了过去的风貌。我走过廊棚，走过长春桥，走过东沿河，走过小街，走过轮船码头……那些鲜活的记忆一一再现，但是我再也找不到质朴的年华，再也找不到往日的亲切和熟稔，一个时代已经远去。

在太湖边港口老街行走

黄梅季节，突然想去太湖边港口老街走走，念头闪过的瞬间，脑子里浮现出一幅上世纪六七十年代乡村集市的民俗风情图，这样的场景想起来亲切却已久远。

一个村能有一条街，而且是有几百年历史的街，可见这个村在历史上非同寻常，它的地理位置显著独特。据老一辈的人讲，过去沙塘港、大浦港是宜兴出太湖的重要港口，从沙塘港出太湖离无锡城更近，丁山的陶器船、张渚的竹木石灰船、宜兴周边运输农副产品的船一般都往沙塘港走。每天货船、渔船云集，桅杆林立，风帆猎猎。我小时候到港口村上二伯母家跑亲戚，多次走过这条老街。那时候的老街非常繁华，鱼行、柴行、药店、铁匠店、豆腐店、理发店、南北杂货店接二连三。街上临河而居的村民还在家门口放置板网，家里锅子热了，出门拉网捉鱼现烧。冬天用板网板太湖银鱼，黄梅天板鳊鱼，莳秧季节板红鱼白鱼。而今，港口码头早已消逝了过往，老街还在吗？那些鲜活的人事还会有人念起吗？细雨飘散的午后，我打着伞在沙塘港村头转悠，凭记忆找寻到了这条老街。

老了的港口老街像老了的人，不曾入睡也睡眼蒙眬。街上的老房子经风沥雨已见凋敝，斑驳的灰墙屋缝长出小草和青苔，残破的木门木窗静默中透出百年沧桑。老宅大多住着恪守传统的老人，过着波澜不惊的日子，黄梅天慵懒的午后更适合他们聚在一起喝茶打牌消磨时光。开小店的老太一整天做不到几笔生意，空闲时光在屋里游湖，四个老婆婆围坐一圈，手里抓着花花绿绿的游湖纸牌。

"这里有一位卖甜酒药丸的老爷爷，你们可还记得？"行走在沙塘港老街，我询问几位上了年纪的老人，他们不约而同地回答："记得，当然记得呀。他的白酒药丸蛮出名的。"

小时候听童话故事，里面有白胡子老爷爷，善良智慧的白胡子老爷爷面对困难总有办法。港口老街上真有一位白胡子老爷爷，他手中鸽蛋似的白药丸可让糯米饭变成香甜醉人的酒。老爷爷留山羊胡子，红鼻子，个子高高的。他专做甜酒药丸，四乡八邻的人买了他的药丸，回去做出来的米酒百发百中，甜醇醉人。

白胡子爷爷名叫袁永祥，他酿制的酒药丸比较独特。我妈妈夸他的酒药有个性，甜又凶，好似一位小娘子，甜润中透着泼辣劲。当时，市面上还有苏州的酒药丸卖，苏州药丸一味甜绵，吃起来感觉少些劲道，自然比不过白胡子爷爷酿制的药酒丸。白胡子爷爷采摘辣蓼草的籽作为酒曲，与籼米一起用石磨磨成粉，经过发酵、日晒等多道工序制成米酒药丸。

这种辣蓼草又叫酒曲草，一年生草本，太湖边芦苇荡湿地以及路边沟旁都有生长，春天冒出枝叶，夏天长到一人多高，结成粉红色的穗子，远远看过去非常美，到秋天采收辣蓼草的籽可以用来做酒曲。

那时候的乡村，夏季除了做甜白酒，农历六月十九，家家户户做馒头也用甜白酒来发酵。过年时农家做米酒，一做就是上百斤糯米，用大陶缸来装。白胡子爷爷的药酒丸因此销量非常大。上世纪70年代割资本主义尾巴，市场上管理严，不允许农民出来做小生意。白胡子老爷爷神出鬼没，不仅在港口街上卖，还到桥头来卖。

桥头是周铁集镇，古时先有桥后有集镇，方圆几十里的人习惯称周铁镇为桥头。白胡子爷爷上桥头，肩上背着一只搭篮。江南农村老人背的竹篮有多种，挎手臂上的篮叫豆腐篮，挎肩膀上的篮叫搭篮。搭篮的篮襻有一手臂长，背在肩上走路比较省力。白胡子爷爷搭篮里放有布袋，里面装着一颗颗白色的药丸。他自产自销，甚至还搞批发，零售两毛钱一颗，批发一毛钱一颗。周铁镇市场管理员许培泉抓了他多次，没收了他的药丸并叫他写保证书不再重犯。白胡子爷爷念过私塾，古书看得多，爱钻字眼，毛笔字也写得相当好，他挥笔写下这样的保证书："我袁永祥保证不做不卖。"可是没过几天他又在街上卖药丸了，许培泉将他抓进工商组训话，白胡子爷爷狡辩，没错，我保证书上清清楚楚写着不做不卖。我不做不卖，做了就要卖呀。市场管理员真拿他没办法，因为每次抓到他，他都比较淡定，做好长期关起来的准备。冬天身上带把扇子，说是准备在这里过夏。夏天他带条被子，说准备住到过年，搞得人家没办法应对。大队部召开批斗会，押他上台面对人民群众检讨，他抵触不从，一上台就背对着大家，台下众人一片愕然，他却镇定道："我面向台中央的毛主席像鞠躬，这有错吗？"

在特殊的年代，白胡子爷爷用自己的智慧谋生，至今想来个性鲜明。

白胡子爷爷生有十二个孩子，存活下来长大成人的只有五个。袁九生是白胡子爷爷的第九个儿子，我在港口老街寻访，他跟我说起父亲当年的犟头脾气，感叹受牵连吃了不少亏。家里辛辛苦苦一年做两百多公斤药酒丸，村干部上门来搜走了大半。九生念高中的时候多次替父亲写检讨书，写好后劝父亲抄一遍交上去过关。

往事如烟，岁月带走了一串串熟悉的名字，许多鲜活的面孔暗淡消逝。现在偶尔还有人记起白胡子老爷爷的甜酒药丸，忆起他刚毅的个性，面对强权不认输不屈服的智斗故事，一切都在笑谈中了。

在节奏缓慢的港口老街行走，一切都是闲闲的、散散的，激越的声音想必不会再有。不料，耳畔听到一阵铁锤敲打声，叮叮当当，寻声走过去，原来是间铁匠铺。只见屋内炉火通红，一位粗壮的老汉正在劳作，伴随着叮叮当当的锤打声，坚硬的铁能够在他手里变幻，圆、长、方、扁、尖。铁锤上下，渐渐地一件理想的器具锤打成型，放入水缸里，只听得吱啦一声，白烟倏然飘起，淬火完成，老铁匠脸上露出了会心的笑。

传统农耕时代，铁匠铺是乡村热闹的场所，而现如今铁匠铺在宜兴乡村少有，老铁匠更是难得一见了。老铁匠名叫杭国良，十六岁学徒打铁，至今已打了五十三年铁。他打的铁器成品有与传统生产方式相配的农具，锄头、铁钯、镰刀、铁锹，也有部分生活用品，菜刀、剪刀、门环、门插等，但他现在主要打渔业生产用品。沙塘港地处太湖之滨，渔业资源丰富，捕鱼船入太湖作业，渔民都请他打铁锚、铁链、网脚、篙头等铁具。他打的铁锚远近闻名，抛入太湖风浪中不走锚，连常州、无锡等地都有人赶过来请他打铁锚。他最得意的是，曾经用一天时间打过九十斤一只的大铁锚。他的店铺里，墙上挂着的、地上放着的，都是船上用的铁器，形状各异，篙头、独钻、弯钩、叉篙……船上用的铁件，现今大概没有人会比他打得更好。"再过几年，恐怕小孩不会知道铁匠，以后的人只能通过图片和影像来了解打铁手艺了。"杭师傅摊开自己黑乎乎、布满老茧的手颇为感慨地说。

都说打铁是男人的事业，没有力量不能打铁，没有胆量不敢打铁，打铁先要身板硬。杭师傅生活无忧，儿子搞地基工程赚了不少钱，女儿女婿在城里当教师，女婿还是校长。子女和老伴都劝他，不要再这么辛苦打铁了，但劝来劝去就是讲不通。他就喜打铁，每天起火生炉子，熊熊火炉映红了他的脸。炉中的火苗跳跃，铁锤上下，他在强力的节拍中感到有劲头，他觉得自己还不曾老，港口的农户渔民还需要他这门手艺，也许这就是他铁匠铺在港口老街上存在的意义吧。

从铁匠铺出来，我看到对门的水龙宫，惊诧这里居然还保存着古老的乡村消防器具。透过木条门缝向里张望，陈旧笨重的灭火机、水龙管、大木桶静卧在蛛网尘埃中。像老铁匠锤打的器具，岁月打磨的老街，看得到过去市井繁华生活的痕迹，看得到现今颇为落寞的神情，我从中找寻着人文故事。

太
阳

　　看日出，有人在山顶上，有人在大海边，还有人在家乡的田野上。其实，每个人都有自己心中的太阳。

　　太阳每天从东边出来，西边下山，日出日落，亘古不变，所变的是人的心境。高山之上，大海之边，看红日喷薄而出，感受的是一种生机，一种博大宽广。而在家乡的田野上，看太阳从东边出来，霞光万丈，那是一种力量，一种希望的转换。

　　小的时候，我一直不明白，这太阳升起来有什么好看的，而且更为奇怪的是，有人因为看太阳，"吃"太阳而遭难。

　　我的家在距离太湖不到两公里路的小镇上，镇上开了许多店铺，很热闹。在我十二三岁的时候，有个叫夏泽霖的人上街常来我家落脚坐坐，我们都叫他夏先生。他是周铁夏村人，就是太湖边上的那个小村庄。人家说他头上有"帽子"，我也常看见他戴着一顶藏青色的呢帽子，冬天过了很久才摘下来，来年入冬又重新戴上了。我以为这就是别人所说的"帽子"，许久以后我才明白，这顶呢帽子跟实际意义上的"右派"帽子是不同的。

夏先生毕业于师范学校，在外地一所学校当老师，成为"右派"后被送回家乡务农，他樵草养兔子，剪了兔子毛卖给镇上的收购站，有空就到我家来坐一会儿。知道他又到收购站卖兔毛了，我们边做作业边摇头晃脑唱着"牛福光，牛福光，称铁扣斤两"。在提倡节约、变废为宝的年代，我们这些小孩子捡了废铜烂铁去卖，总认为收购站的牛福光扣我们的斤两，孩子们编了顺口溜，这顺口溜当然有点胡说八道。夏先生听我们嘴上乱嚷着，就把草篮放在一边坐下来跟我们说，做作业心无二用，等会儿我给你们讲个故事吧。我们当然大声叫好。他除了给我们讲故事，还说过许多生活道理。因为当过老师，他很会跟我们小孩子讲话。他讲，一年之计在于春，一日之计在于晨，人不可以睡懒觉的，小孩子早睡早起鼻头眼睛欢喜。就说他自己吧，每天清晨一大早就起来了，跑到太湖边去，迎着初升的太阳，张开嘴巴呼吸新鲜空气，他称之为"吃"太阳。他这样跟我们说是没有关系的，我们只觉得好玩而已。可是，他跟村里的人也说了他每天去太湖边看太阳升起，吃太阳。村里"有头脑"的人想，这个头上有"帽子"的人怎么吃起太阳来了，这实在太严重了。他不知道人们对"太阳"的感情有多深哪，清晨天还没亮，广播里就响起"东方红，太阳升，中国出了个毛泽东"的乐曲，午饭前的喇叭里唱着"大海航行靠舵手，万物生长靠太阳，雨露滋润禾苗壮……"的曲子。这个夏泽霖竟敢吃起太阳来了，这算什么话呢？

于是头上有"帽子"的夏泽霖又加上一顶反动的"帽子"，他们家的日子过得更苦了。那时我大约正在读小学四五年级了，周铁小学在太湖边有个小农场，老师带我们去参加"学农"劳动，我路过夏先生的家，有几次口干了，就进去要水喝，那时候，农村柴火紧张，农家灶头上都有"井罐水"。我记得他家的灶头黑黑的，在夏先生用铜勺舀"井罐水"给我喝的时候，有一个人傻呆呆地看着我，这目光让我有点害怕。之后我回去告诉了母亲，母亲说，这是夏先生的儿子，受过刺激，脑子有毛病，读美专没毕业就回来了，整天不声不响的。

那双忧郁的眼睛，让我害怕，之后我就不敢到夏先生家去喝水了。而夏先生还是背着草篮上街，卖了兔毛买酱盐回去，我不知道他是不是清晨还去太湖边看太阳升起，去呼吸空气吃太阳。但是，我知道，过了几年夏先生暗淡的生活确实迎来了阳光，太阳出来了，他平反了，头上的"帽子"摘掉后，落实政策还补发到一大笔工资。之后，他说起吃太阳遭难的事，就当笑话讲了。在生活好起来后，他当然更注意强身运动了，跑跑步，看看太阳升起，不必担心吃太阳而受罪。

人在艰难困苦中心中有太阳，那是生活的希望，现在我所理解的，夏先生当初看太阳升起，那是一种心灵的补给，否则这日子怎么过啊。在阴雨中你只能寻找阳光，而且要相信，风雨总会过去，太阳总会出来。

我们跑到山顶上大海边看日出，陶醉在如画的景致中，站在希望的田野上看太阳升起，沐浴在金色霞光里，而人的心中应该也有太阳，不让阴湿滴答的黄梅雨在心间流淌。

太阳升起来，还是有看头的。夏先生如果还活着的话，他一定是愿意听到我说这话的。

生
命

　　我们这个小镇的老街上开了不少花圈、寿衣店，从周铁镇的西街往里走，引人注目的是连着几家的店铺门口都挂着花圈，其中还标明"花圈价廉物美"。我走着瞧着，禁不住"扑哧"一声笑了，世上哪有这样做广告的？人们对死亡总是忌讳和恐惧的，看到花圈就心情沉重起来，可我们镇上的人似乎对此看得很淡，每天见着店铺门口高高挂着的花圈，没觉得不妥，生活一天天过下去，老了死了，生命终结，这是必然的事。

　　周铁是我的老家，也是我笔下用情最多的地方，到了逢年过节我总会回去作短暂的停留，我从大街上走过，街坊们都会客气地与我打着招呼："回来了？""住几天走？"这时我觉得我是真的回到家了。街坊们依旧开着剃头店、杂货店之类的小店，我看不出他们有多大的变化，让我觉得变化的是一些长者相继故去，老房子还在，音容却不在，我为此唏嘘不已。母亲道："生死在天，这由不得人。"我问为何？母亲笑着说，张家孃孃九十多岁了还健得很，她晚上总跟自己说，今天夜里睡了就不要醒过来了，结果第二天还是醒了。沙家的老太太活到九十几岁觉得活够了，冬天她自己爬到河里去，就是沉不下去，结果还是被人救了上来，要死就是死不掉。

张家孃孃和沙家老太太是我们的老街坊，就这么平平常常过着，视死如归，生命却格外垂青她们。

只听到众人求生，谁知还有人视死如归，这让人好笑不已。想必人活到一把岁数，看够了人间的风景，对死也就没有了恐惧，从容者如我八十七岁的老祖母。上午她还出来晒被子，下午她就倒下了。当意识到自己将要离世的时候，她跟身边的人说，衣柜里有八千元钱，可用作办后事。这是她留存在世上的最后一句话，她不给子女们半点负担，就这样安安静静地走了。事实上，她早已准备好了，小辈们戴的孝号她几年前就置备下了。从不拍照的她，几个月前还请人拍了一张黑白照，这张放大的遗像，神情是那样的慈祥、平和，这深深定格在我的心间。

生与死往往只是瞬间，让人措手不及。

年前，我大舅去世了。大舅一直像棵大树，为家人挡风遮雨，我的大舅母多年前中风,大舅尽心照顾着,想不到他却先走一步了。我从小就很怕大舅,这么一个顶天立地威严的人说走就走了,生命是如此的脆弱。送葬的时候,我站在墓地前,看着一排排墓碑,思绪飘飞,这块宁静的山坡地上安息着我的祖父和祖母,如今我的大舅也长眠于此。我想,没有什么比生命更重要的了,活着多好啊,爱与恨、恩与怨,名也好利也好,在花圈与黄土前,不都随风而去了吗?

活着实实在在,平静而又踏实,我的乡邻们满足于吃得下、睡得着、笑得出,不求万万年,只求过得去,平安是福,自寻开心。大舅去世后,来帮忙办后事的人当中有个叫"麻伯伯"的老人,我们从小就叫他"麻伯伯",他总是响响亮亮地答应着。他其实姓丁,因长了一脸麻子,大家就叫他"麻伯伯",他也无所谓,麻子就麻子,这没办法改变,活着开心就是。

活着不容易,活着就要过好每一天,让生命充满活力。对这一点,我的乡邻们很明智,所以,八十岁的老太唱京戏,一大群人放风筝,周铁人自有乐趣。

春和日丽,周铁镇举办全市首届风筝节,从八岁到八十岁的风筝迷在蓝天下放飞,我们的记者前去采访时也被深深地感染了,在报上写了一篇充满诗意的文章:《与风同舞》。记者回来跟我说,周铁这个地方真是太有特色了,风筝协会有六十多个成员,他们扎风筝、放风筝，田野里、广场上，他们跑啊笑啊，乐在其中。我问记者，有没有看到一个叫闵焕彬的老人参加？记者说他参加了，都八十一岁了。我忆起，我十多岁的时候就看他扎风筝，当年他还给我扎过兔子灯，近三十年过去了，他健健康康还在蓝天下放飞，这不能不使我感慨万千。

这是周铁人的活法，他们让风筝放飞，也让生命放飞。

生与死，这是相对应的两极，看清了死也就懂得了生，因而也会享受生。

小镇小人物

我始终觉得我生长的那个小镇有着浓浓的人情味，跟我现在生活的这个城市全然不同。镇上的这些小人物活法不一，他们的喜怒哀乐简单真实，小镇的风情让人难忘。

两个和尚

我一直不明白，我们那条不长的街上会有两个名字都叫作和尚的人，一个是修伞的朱和尚，一个是修锅的徐和尚，既然是和尚，那肯定是"光杆司令"一个喽，然而，他们又都有家小。直到今天我都搞不清楚他们怎么会叫和尚。想必年少时生活困顿当过和尚，之后还俗了罢。修锅子的徐和尚永远是一脸的锅灰，在小小的火炉旁，拉着风箱，敲敲打打修补着那些大到浴锅小到菜锅的"铁家伙"。这个满脸是锅灰的徐和尚为人特和善，至今我还记得他的模样，生活的重担压弯了他的腰，不屈的是他的品性。我印象中最深的还是朱和尚，那时候人们撑的大多是油纸伞，雨天一过，朱和尚家门口总有一大片撑开的伞在晒太阳。他用一种像宣纸，但又比宣纸韧性强的纸布来修补伞面，黏合液是压榨后放置已久的柿子水，那种气味有点好闻。他一边修伞一边转动着伞面，总是从容不迫的样子。朱和尚喜欢做好事，每到夏天，他就在家门口放一缸大麦茶，供来往的行人歇脚时解渴，年年如此。将清凉送给陌路人，不求回报，这是一种积德。小镇上的人乐善好施大多基于这种十分朴素的想法，而现在的人是不会愿意这么做了。

"砻糠婆"

长春桥下有个挑砻糠的，镇上没有人不知道，他专门挑砻糠卖，两个箩筐跟他差不多一般高，就像武大郎挑着烧饼担。从米厂挑一担砻糠出来卖给人家，赚的全是辛苦钱。我上学路过长春桥总看见他老婆坐在门口，他老婆模样长得不错，可惜腿有残疾，人家都称她为"砻糠婆"。然而想不到的是，有一天"砻糠婆"居然会跟别的男人跑掉了。一个腿不好，走起路来一扭一扭的女人居然会有这等本事跟人家跑掉，这在我们这个小镇等于放了一大串鞭炮，炸响了。这女人奔新生活去确实有勇气，但终究是苦了丈夫，他一个人带着儿子仍旧挑他的砻糠。不过，又让人想不到的是，没过多久，"大头"老婆看上他。"大头"做豆腐卖，人家从不叫他名字，都叫他"大头"。一天晚上，"大头"心肌梗塞突然死了。之后"大头"老婆再嫁毫不迟疑毫不忸怩，自带嫁妆，将"大头"留下的东西全都带来了。结婚那天，我们这些孩子都去看热闹，新娘长得实在丑，没办法形容，但他们正儿八经地结婚了，一副知足的样子。现在想想，小镇上这两个小女人过自己的日子一点都不掩饰，不装模作样，丑人居然敢多"作怪"。

"皇帝老婆"

邻家姐姐叫张晓星，小时候，人家问她，长大了嫁给谁，她说嫁给皇帝当老婆，大家都笑了。之后一条街上的人都叫她"皇帝老婆"，她也不生气不害羞。我比她小好几岁，那时候，跟在她后面屁颠屁颠直叫她"皇帝老婆"。晚上跟她一起去听鬼怪的故事，月光下人影子拉得老长，吓得我不敢回家，而她总护着我。张晓星胆子大，游泳敢从大桥上跳下去，大人们都说这个"皇帝老婆"不得了。她家境不好，养父是个木匠，母亲专门到杀猪坊挑猪血，半夜烧好后，一早就在菜市场卖。贫穷的生活促使她想改变现状，有人给她介绍对象，在广东茂名，她居然敢一个人去探访，之后决意要嫁过去。她母亲哭哭啼啼，而她认准了那个人就直奔去了。多少年过去了，我常想起这位勇敢的邻家姐姐，不知道她现在过得好不好。

　　我觉得，小人物自有小人物的活法，他们不掩饰自己，没有那么多的心事重重，人性中又不乏真善美，我生长的小镇有着许多故事。所以，我每每听《北国之春》这首深情迷人的曲子时，总有一股别样的情绪，就像歌里唱的那样，城里不知季节变化，故乡的水车、小屋、独木桥和沉默寡言的父兄、曾经爱过但已分手的姑娘等等，浓浓的人情味让人泪光闪烁。

亲爱的，我们终将老去

那一大片红叶是冬天里最美的景致，我无数次地走过凝望，人生的冬季可否像这片经霜的红叶石楠，呈现它质感的暖意？暮色苍茫，苍茫又苍茫，我目光所及之处，周铁老年公寓门前大道两侧，酡红醉人的石楠在冬日暮色中，它太安慰人了。

到老年公寓去，有位婆婆见了我总要客气地问我从哪来，我无数次地告诉她从宜兴城里来，可她一次都不记得。那天她一脸笑意又问我了："啊呀，你来啦？你从哪里来的？"知道她家在后塘村，我故意逗她，从后塘来。她乐了："啊呀，太好了太好了。"这位婆婆记忆力衰退，但能记得自己的家，这算是比较好的了。

　　有一位老头出了门便找不到自己的房间，走着走着就跑错了地方，有次走错房间在人家老太太床上躺下睡着不走了。"啊呀，这死老头子怎么能赖在这里呢！"坐在轮椅上的陈婆婆两只手摇动着轮椅，她在外面走廊上滑行了一圈，回来看到自己床上多了个老头子，她羞死了，赶紧用拐杖赶他走。老头却说这是他的床，就是不肯走。他确实不记得自己住哪个房间，也更不记得睡哪张床了，因为他失忆已有多时。

　　以这样一种状态呈现出的"老"，让人揪心疼痛。"这个样子我不要，我不要。"这是尚未老的我们内心抗拒的声音。可是，亲爱的，我们终将老去：总有一天，会老得走不动路，白发、皱纹、驼背、缺牙，样样齐全……这是无法回避的现实。

　　亲爱的，我们现在能够做到的是，在还有能力表达喜爱的时候，要尽可能去表达、欢笑、施与、爱，给予这个世界最多的温暖，眷念抚慰身边的老人。到我们老的时候，希望能够呈现出别样的"老"，就像那片霜重色更浓的红叶，暮色中透着质感的暖意。由此，我很想说说我的父母、嘉兴婆婆以及老人与护工的故事。

我的父母

母亲十个月内两次骨折，住院动手术置换了髋关节，由于行动不便长期卧床，加上年纪大了脑部萎缩，她的思维变得越来越迟缓，我们会出些简单的算术题，锻炼她的思维。比如数"一到一百"的数字，二十以内的加减法。问她十三加五等于几，这个她能报出等于十八。但是倒过来问她，五加十三等于几，她想不起来了。

"等于，等于几呢？"她开始自言自语，之后转向父亲求助，"你来，你来说说看，等于几？"

父亲笑了："我总归知道的，你自己想想看，等于几？"

母亲想了片刻终究没有想出等于几，她不高兴算了。

"那我们来换一个吧，给你十二块钱，市场上鸡蛋三块钱一斤，你可以买到几斤鸡蛋？"我试图换一种方式调动她的兴趣，让她转动脑子。

她看了看我，突然对我说："哪有这样便宜的鸡蛋啊？"

是啊，我恍然。三块钱一斤的鸡蛋，这也太便宜了，在她记忆里似乎没有这么便宜的鸡蛋卖，她生病以前就卖到四五块钱了。

"不来了，不来了。"母亲开始不耐烦了。

我拉着她的手说："你年轻时多少能干，现在怎么懒得动脑子了呢？"

"不要这样说她，要多说些让她高兴的话。"在一旁的父亲这样提醒我。

自从母亲生病，父亲也彻底改变了，说话都顺着她依着她，这对结缘几十年、彼此纠结吵闹了一辈子的夫妻，至此达到了最大的和谐。

如果说母亲是一块布，乡下人织的那种粗布，那父亲就是一块绸，质感比较细的那种。我们宜兴人老话讲"绸不搭布"，意思是说两种不同质地的布搭不到一块儿。绸不搭布的父母虽然养育了三个子女，但这辈子始终没有和谐搭配好。他们是年少时定的亲。我祖父是当地有名的泥瓦匠，他的本领不在砌房造屋，而在"砌灶头"上，他砌的灶头省柴而发火。我外公是个木匠，手艺精巧专做婚床橱柜。两个能工巧匠彼此热络，于是泥瓦匠冯师傅和木匠朱师傅一拍即合，两家结亲！这门娃娃亲带给他们的苦多于乐，一辈子摩擦不断。

母亲能够不再这么强而任由父亲，父亲能够相守陪伴迁就母亲，是从哪一天开始的？这是三年前入住周铁老年公寓那一刻，此时母亲已有思维障碍，不会下床走路，吃饭要人喂，生命的火焰渐次黯淡。

从起初还能数数到一百，答对"13+5＝18"这样最简单的计算，三年多时间状态急剧下降，今年春节，好多人她都不认识了，只有老冯——我父亲，她始终是认识的。其间养老院的护工给予了母亲很好的照顾，但父亲是她最细心的"护工"，穿几件衣，吃几粒药，什么时候吃鸡蛋、吃水果，全由父亲照顾安排。

亲爱的父母，那是我最深的眷念和疼痛，看着他们，一种情绪涌上心头：

对自己好点，因为一辈子不长，我们终将会老去。

对身边的人好点，因为下辈子不一定能遇到。

嘉兴婆婆

嘉兴婆婆老家在周铁，年轻时到嘉兴缫丝厂做工，年老后老伴去世了她回周铁老家，与同样失去老伴的弟弟入住老年公寓，姐弟俩到饭厅吃饭，总是坐一张桌子，就像回到过去小时候一样。婆婆离开故乡久了，乡音说起来不那么纯正，夹带着嘉兴口音，所以我们就称呼她为嘉兴婆婆。

嘉兴婆婆穿着自己织的毛衣外套，藏青色的，很贴身温暖的感觉。她说现在年纪大了，眼睛看不见，手也笨了，"前介个辰光会织好多种花纹呢，小虎的毛衣毛裤都是我一针一针织出来的。"婆婆嘉兴口音说起前介个辰光，脸上的皱纹很光彩很慈祥。小虎是她唯一的儿子，在嘉兴开着一家小厂，婆婆入住敬老院两年多时间，我进进出出一次也没看到过他，婆婆说他很忙没工夫，路远也不方便来。"我在这里蛮好个，他也放心个。"婆婆这样为儿子解释，她说话安详温软，想必年轻时是个娴静的人。"我侄囡侄子好个哦。"她说的侄囡侄子是跟她一起入住敬老院的弟弟的儿女，端阳节、中秋节、春节这几个重要节日，小辈们总会来看他们，也会接两位老人出去吃个饭。

嘉兴婆婆住在我父母亲隔壁的房间，她经常会来陪我母亲说说话。母亲因为身体因素说话有时不知轻重，我怕伤冲了婆婆，便跟她打招呼请她不要在意。婆婆非常之宽厚，说没事的没事的，她照常过来说说话。

有次我在网上买了套理发工具，试着动手帮母亲修理头发。嘉兴婆婆在旁边看看还不错，也乐意让我练练手，帮她修剪一下。她八十八岁，头发花白却依然浓密。我说，婆婆你肯定会活到一百岁的。婆婆说年纪大的人说倒下就倒下，说不定哪一天就去了。她又说到周铁这个地方，人死了以后排场大，喇叭吹几天，丧事办下来要不少钱呢，这太让小辈费钱费心了。她说，她终究还是要回嘉兴的，要葬在老头子旁边，这样儿子以后扫墓也方便。

嘉兴婆婆后来还是回去了。我不知道婆婆现在是否安好，如果她健在的话，应该是九十岁了，我常想念这位老人，也曾想过，要是我以后年纪大了能否像她这般：存娴静，存善良，存温暖。

老人与护工

这是蛇年除夕下午。快四点钟的时候敬老院比往常要安静，因为年夜饭早提前一天就吃了，院里一共办了十四桌酒宴，专门请镇上的厨师来掌勺。回家过年的老人除夕吃过中饭就被接走了，留下的基本是行动不便的老人和一些不打算回家过年的老人。

柔和的阳光投下橘黄的光线，邵婆婆和盛婆婆坐在外面的椅子上，看见护工小王过来赶紧招呼他。邵婆婆细眯细眼笑着对小王说："这次我一定上心要带小王去相亲看看我侄女。"邵婆婆已经多次提过要帮小王做媒了，过了年小王就是四十九岁，这年龄已经不算小了，可敬老院的老人依然叫他小王。在这些八九十岁的老人眼里，小王当然还小着呢，四十九岁的人未婚自然是小佬家了。小王父母去世早，家里比较穷，在敬老院当护工低收入勉强够自己花，所以他一直没结婚成家。他是周铁敬老院唯一的男护工，也是全宜兴少有的男护工。入住敬老院的老人中有大半行动不便，生活不能自理，男护工力气大，自然能派上大用场。

听邵婆婆说介绍对象，小王乐呵呵的，他自己没房，想找个有房子的，想法也挺实在的。"主要是我腿脚不便，又没有车子，不然早同你去看看了。"邵婆婆补充说道。在一旁的盛婆婆接上话："相亲租部车子去，车钱算我个。"盛婆婆儿子是企业老板，这点车钱算什么呢，在盛婆婆看来小王这人不错。上次她坐着折纸锭，突然脑溢血头一歪就没知觉了，小王跟着院长还有其他护工一阵叫唤忙乎，联系他儿子急送医院抢救，盛婆婆活过来了。

两位婆婆说要帮小王做媒，此时耳畔不时听到鞭炮声响起，喜庆的新年就要到来，两位婆婆都没有回家过年。邵婆婆说我不回去，无锡的儿子来接，我也不去，住五楼我腿脚不好怎么上下啊？盛婆婆说是个是个，我难得回去还不习惯了，一夜睡不着，不如这里好。

这是万家团圆的除夕，两位开朗的婆婆说起来洒脱，果真像她们说的那样吗？我不得深究，但我想若干年后我们真的老去，生命之火萎靡不足以温暖自身时，这个社会人文关怀是否会更到位？是否令我们温暖？

我也许是多想了，可是，亲爱的，我们终将老去，这是不可回避的现实。

2014 年 2 月 18 日

走近星云大师

2013 年 1 月 11 日上午，冬日柔和的阳光照拂着宜兴大觉寺，错落有致的寺院显得清寂宁静。上午九点时分，一位慈祥的老人坐着轮椅，由旁边几位法师相伴着缓缓步出山门。此时，一位眼尖的客人认出了轮椅上身着黄色僧服的老人，他惊讶地跟同伴说："这不是星云大师吗？"同伴细细打量了一番点头又摇头："看模样是像电视上出来的星云大师，但大师这样有名不是一般人，怎么会在这里让我们见到？"

坐在轮椅上的老人确实是星云大师。这位在全球拥有数百万信众的大师没有前呼后拥，他一如平常老人，在这样一个寻常的早晨悄然出现在人们面前，着实给人一阵惊讶一番欢喜。

其实，这些年，星云大师一直跟我们很近，很近。

他跟宜兴感情深厚

1988 年，一位高僧跨越台湾海峡来到宜兴白塔村寻找一个叫陈福广的普通村民，当得知陈福广已经去世三年多的消息时，高僧顿感痛惜。他辗转找到陈福广的后人，向他们赠送了电视机，并深情地对随行人员说："他（陈福广）当年救助过我。"

这位高僧就是台湾佛光山创始人、一代宗师星云大师。据当时宜兴日报社跟随采访的一位记者回忆，此次星云大师来宜兴主要是寻访祖庭和故人。那一天，村里像过节一样热闹，大师进村后与村民们亲切交谈，村里许多人家都收到了大师赠送的礼品。一些年长的村民忆起星云大师当年在白塔村广布德行、播种文化知识的往事功德无不感慨万千。

位于宜兴市西渚镇的白塔村，当年有一座南宋时期志宁禅师创建的寺庙——白塔寺，为禅宗临济宗道场。清道光年间更名为"白塔山大觉禅院"。民国初年，志开和尚在这里担任住持时，曾经在此寺为星云大师剃度。抗战胜利后，星云大师与师兄今观法师重返白塔寺主持寺务，大师还兼任白塔国小校长。就是在这里，大师邂逅了从溧阳逃难到白塔村、靠种地为生的陈福广，并且多次得到了陈福广的接济。光阴荏苒，时隔数十年，当星云大师回到宜兴祖庭礼祖时，白塔寺已不存，故友已无影，他站在白塔寺旧址，面对一片废墟，不禁兴叹立愿：当尽力复兴祖庭。

二十多年后的今天，星云大师凤愿已偿。

如今，在距离白塔村三公里处的王飞岭岕，新修建的大觉寺吸引了无数信众前来朝圣、观光。站在云湖之畔远眺大觉寺，但见庄严的庙宇建筑在依山傍水、修竹林中若隐若现。走进山门，道路两旁花团锦簇，浓得化不开的浅绿、浓绿、淡绿、墨绿随着地形、山体起伏绵延，各种人物雕塑栩栩如生，筑于高台之上的大雄宝殿器宇轩昂，寺里的法师合掌向你微笑示意。这座寺庙，许多细节都透着"人间佛教"阳光般的温暖，让人心生和顺欢喜。

佛教有因缘之说。因为星云大师，宜兴大觉寺名声远扬；因为大觉寺，星云大师与宜兴的感情也日益深厚。

他说一切从心开始

在宜兴人的心目中，大师佛法精深令人敬仰。能够走近大师，一睹大师的佛颜和风采，聆听他讲佛经谈佛理，这是许多宜兴人的心愿。在蛇年新春来临之际，1月11日上午，本报记者有幸跟随香港凤凰卫视的记者，在大觉寺美术馆听大师新年谈"心"。在接受本报记者采访时他还祝福《宜兴日报》的读者新年平安吉祥、幸福快乐，并用"明天更好"四个字送给读者。

当天星云大师接受采访，面对记者提出的问题和困惑，他用深入浅出、形象生动的语言谈佛理、讲人生、说故事。

记者谈到，当今社会风云变幻，在各种利益和诱惑面前，有的人往往把持不住，心理失衡走入极端，在无边无涯的时间空间中有的人产生无力感和迷茫感，于是向佛教寻求精神支持，希望为自己的心找一个安住之处，那心安放在哪里好呢？心安在钱财上，它可能失去；安在情感上，它可能会变化；安放在荣耀上，它可能不长久。这样说来，这些岂不都是空的？既然是空的，那人生还有什么意义呢？现在为什么要强调"修好这颗心"呢？

星云大师说，茶杯不空，怎么会放进水？房子不空，我们怎么会坐在这里说话？鼻子不空，不能呼吸空气，人怎么会活呢？肠胃不空，怎么会吃进东西？口袋不空，怎么会放进钱物？这个空是虚空，空即是色，空即是有，空是长远的有。

大师说，人的追求是多层次的，没饭吃没衣穿的时候先要解决温饱问题，当有了物质生活的时候，就要有精神生活，追求爱情等等，有了精神生活后升华艺术人生，追求美感，这些需求都是正常的。在现世的种种追求中，关键的是要把一颗心修好，若能把心修好，把它归入到正道，它就能发挥出很大的能量，使我们的生活幸福欢喜。

大师说了个通俗的比喻，人的身体就好像一个村庄，里面住了眼睛、耳朵、鼻子、舌头、身体，这在佛教里叫做五识。第六识就是心，心如村长，它管理这五个人。这个村长如果很好，就带领村民做善事，开荒种地；这个村长不好，就带领这五个村民为非作歹。

　　所以，佛教讲修心，一切从心开始。这个心是我们的工厂，它可以制造出各种产品。心好了，出产的产品价值就高了。这个心是我们的主人，他掌控着我们的思想。要修好这颗心，给它升华、给它扩大、给它清净、给它慈悲，生活才会和乐幸福。我们讲慈悲、责任、忍耐、担当、守规矩、有大爱，这些都是修心的内容。在讲修心时，大师特别说到一个人的自信心和责任心。他说，我小时候没有进过学校，因为家里贫穷不能像其他孩子一样接受完整的教育，有一阶段很自卑，觉得自己有许多缺点，就像路边的破铜烂铁，一无是处。在我的成长过程中外婆对我影响很大，外婆是一个向上有道德心的人，她常常教育鼓励我，她跟我说，破铜烂铁有什么关系呢？只要肯在炉中锤炼，破铜烂铁也能成钢呀。外婆叫我不要灰心，要看到自己身上的长处，自己要相信自己。

　　现在有好多年轻人走上社会希望有贵人帮忙，贵人在哪里？贵人就是你自己，自己要做自己的贵人。你勤劳、你负责任，哪一个人会不接受你、不尊重你呢？自己不相信自己，谁会相信你呢？所以对自己要有信心，对父母朋友要有信心，对国家要有信心。有信心、肯学习、能忍耐、会担当，这个人就有了力量。忍也是一种修为，是一种智慧和力量。小孩子你大声说说他，他就哭了，有力量的人你骂了他，他还微笑。有力量的人才会经得住诱惑。一个人要有力量就要不断学习，向他人学习，向书本学习，努力做一个有觉悟的人。

他希望书香人家多

说到读书，星云大师说，不论你在贫贱中还是在逆境中，都不要放弃读书，人生最不可放弃的是读书。

早年星云大师与师兄今观法师在宜兴白塔寺主持寺务时，曾兼任白塔国小的校长。白塔村大多数人家因为贫穷念不起书，祖辈都不识字。大师在白塔寺办的学校里教穷孩子读书识字，村里的陈锁林、陈金富、罗玉成、张林根等人都是他的学生。六十多年过去了，当年的蓬头稚子现在都已步入老年，陈锁林老人回忆起那段时光时，还感念大师的恩德，说："这辈子我识的字都是星云大师教的。"

星云大师一生致力于文化教育，积极倡导人们多读书，读好书。他在美国创建了西来大学图书馆，在中国台湾创建了嘉义南华大学图书馆、宜兰佛光大学老奶奶图书馆、高雄佛光山民众图书馆等二十六所图书馆。他说文明发达的国家，除了拥有美术馆、文物馆、博物馆之外，图书馆是衡量一个国家文化水平的重要指标。我们的社会经济发展了，希望能多建些图书馆，让人们多读书，读好书。在 1 月 11 日的采访中，他跟记者说到，佛光山文教基金会最近捐献了一百台"云水书车"，把车子改装成书架，做成流动的书屋，一部车可以放三千本书，开到偏远乡村、小区，尽量让乡村的孩子们能够多读书。我们还想法子培养孩子们读书的兴趣，比如孩子们好玩啊，都喜欢看魔术，那就先来表演一个魔术把他们吸引过来，再让他们看书，慢慢让他们有读书的兴趣。

现在是资讯社会，读书的概念有了变化，到博物馆、美术馆看展览，到剧院看一场高雅的演出，都是读书的延伸。星云大师希望多建图书馆、博物馆、美术馆。他还说，社会发展了，大家的日子都好过了，有钱了不能尽想着吃喝玩乐，读书能让我们生活更充实。如果能将酒柜变书柜就好了，希望有更多的书香人家。

2013 年 1 月 15 日

琴心宁静如秋籁

浙江安吉上培村是一个只有八十户人家的小山村，这里山峦连绵不断，清溪绕村，三路泉水流经婉约秀丽的村庄，家家户户都听得到潺潺的流水声。著名古琴家成公亮每年夏天都会来这个清凉山村住一阵子，过一段采菊东篱的日子。他站在村头，远看像一位平凡的农民，近看像个乡村教师。他微笑着与村人打着招呼，熟稔得就如自家人一样。山风拂过他的脸庞，细细打量，唯有他身上那种宁静淡远、平实淳厚的气质与众不同。

在山村居住，成公亮保持一贯以来的朴素本质，村里人都叫他成老师。他喜爱放风筝、摄影，七十三岁的人还有颗顽童之心。他的名片上没有任何组织和协会的名头，没有唬人的头衔和光环，上面只写了一行小小的字"南京艺术学院退休教师"，与古琴无涉。但这些并不妨碍成公亮成为存世不多的真正的古琴大师之一。他的名字只与他打谱、弹奏、创作的琴曲紧紧相连，只要去搜索一下他打谱的《文王操》、《孤竹君》、《忘忧》、《袍修罗兰》等，就会看到成公亮的名字。

　　在别人眼里，成公亮是一位古琴演奏家。然而从中国传统的眼光来看，这样的称呼是不正确的。古代的琴弦是用蚕丝做的，弹起来细微得像呢喃细语。你可以来听琴，但绝不是为了你而演奏。琴是弹给自己和大自然听的，即使有第三个听众，也必须是自己和大自然的朋友，叫做"知音"，而这样的朋友往往少得可怜。上古之时有个叫伯牙的人弹得一手好琴，另一个叫钟子期的人能够从琴音里听出"高山"和"流水"的意思来。后来，伯牙把琴毁了，发誓再也不弹，因为钟子期死了。成公亮在弹奏《流水》时，会给来家里听琴的朋友们讲这个故事。当他弹奏时，双手拨动起一根根琴弦，琴弦发出的声音，手指在琴弦上滑动的声音，甚至他随着旋律起伏的呼吸声，共同构成了完整的音乐。这时你会很真切地感觉到他弹的琴是活生生的，你从他的琴声里听到了一个别样的成公亮：追求心灵自由，生动质朴。

（一）

1940年，成公亮出生在宜兴丁蜀大众街的一个商户人家，父亲开了一家叫"成鼎隆"的南货店，在当地算是比较有钱的人家。因为家里经济条件比较好，小时候他常有机会跟母亲去听戏。西方人听歌剧，中国人听戏曲。戏曲对中国民间的影响是深远的，他记得小时候母亲在教育他们兄妹时，所讲的道理不是看书得来，而是从看过的戏文中来。他受到的音乐熏陶最初也正是来自于中国戏曲，那时候坐船到丁蜀来"跑码头"的戏班子很多，主要是锡剧、越剧、京剧三个剧种，成公亮钻在大人堆里听戏，跑到后台去看演员化妆，传统唱腔中的声韵非常有味道，这种绵绵气韵滋养了他。

到他上小学四五年级时，一位叫许竟和的音乐老师看他颇有乐感，就教他拉二胡，他拉着拉着很快就上手了。当时是新中国成立初期，许老师经常到茶馆去以说唱的形式宣传党的政策，成公亮就在一旁"牵胡琴"。宜兴人说拉二胡为"牵胡琴"，现在丁山街上的老人提起成公亮依然会说他是"牵胡琴"的。

1956年，"牵胡琴"的成公亮考取了上海音乐学院附中高中部，年少的他思想活跃，在附中学了一年二胡，有一天他觉得这古琴比二胡好听，忽然想改学古琴。改专业是要家长同意的，成公亮是个"鬼灵精"，人小主意大，他花两毛钱刻了一个父亲的图章，盖在申请报告上。就这么一改，竟改变了他后来的人生。他在附中跟着古琴广陵派大师张子谦学了三年古琴，大学时又进入上海音乐学院民族音乐理论作曲系。五年后他毕业分配，先后在歌舞团、京剧团从事戏曲音乐，上世纪80年代他调到南京艺术学院执教。

回想当初的选择，成公亮说自己年轻时好奇而率性，思想没有那么多框框，也不思前顾后，听到好听的曲子，想学他就学了。学校读书时拉二胡、学作曲、选修琵琶，毕业后在剧团多年从事戏曲音乐。这些看起来与古琴不搭界，其实所有的经历都是必要的铺垫。比如学作曲让他开阔了视野，他听了大量的外国音乐。而戏曲音乐的诸多形态与古琴的音乐形态是相同的。戏曲唱腔的委婉、用字和发声的变化，与古琴音乐的思维方式也有相通之处。正是音乐领域多方面的学习实践，给他打下了坚实的基础，为他之后的古琴演奏和创作积淀了丰厚的底蕴。

（二）

江南的温山软水养育了性灵活脱的成公亮，这位从宜兴走出去的古琴家骨子里是浪漫诗意的，他细腻的情感非常有人情味。你聆听他的琴，大自然的风声水声虫鸣都能演绎成天籁之音。德国《法兰克福日报》评价他弹奏的琴，好像是"从大自然中窃听来的音响和动静"。他在弹琴时注重音乐的情感投入，人家说成老师你弹个《忆故人》好吗？他说我不要弹，我弹了以后很伤神的。一曲《忆故人》伤情入骨，投入了他全部的情感。日本当代哲人加藤周一的评价指出了这一特色：成公亮的琴表现了"内心情感的极致"。

成公亮先后师承梅庵派大师刘景韶和广陵派大师张子谦，在演奏技法上更多地继承了广陵琴派的风格，这个琴派具有三百年的历史，善于变换指法。运用这些指法，成公亮把声音处理得细腻丰富，弹到情深处总有折心惊骨之感。1989年11月初，山东电视台《孔子》摄制组音乐部找到成公亮，约他为该片提供古代琴乐数据制作电视音乐。在古琴音乐流传千百年的历史中，《文王操》被古人尊为高雅的作品，成公亮接受这个任务后即投入对明谱琴曲《文王操》的打谱工作。刚打出两段，他就被此曲动人的音乐所吸引，渐入佳境后完全沉浸于此，用半年时间完成了全曲八段的打谱稿。这是一首少见的古老而博大真诚的儒家音乐，经成公亮倾情演绎大获成功。随着电视剧《孔子》的热播，千百年前的儒家音乐回荡在现代时空之中，隆隆如钟的浑厚空弦带人们进入崇高肃穆的氛围，人们在乐曲中感受充满仁爱的温情。1997年，在中国交响乐团的伴奏下，成公亮演奏的《文王操》再次获得了古代和现代音乐交融后的新生命和新魅力。

作为一个现代琴人，成公亮不想让他的琴变得十分的孤独甚至傲慢。他希望用琴来结交更多的朋友，探索更多的表现形式。他两次在欧洲，多次在日本、中国香港等地演出和讲学，都引起了人们对古琴的惊叹。1986年5月他在联邦德国法兰克福、不来梅、汉堡、西柏林、慕尼黑等城市，举行了十三场古琴独奏音乐会，获得了意想不到的成功。在欧洲期间，他结识了荷兰长笛演奏家柯利斯·亨兹（Chris Hinze），他们用各自的乐器进行了一次即兴的合奏，并且用家乡的风景把这次演奏称为"太湖和风车的对话"。一人一琴，走出国门，成公亮以精湛的琴艺收获了世界各地的知音。

除了用弹奏的方法体验古琴的精神之外，跟一切学者一样，钻研琴学理论也是他的当行本色。在这方面，他的打谱工作显得尤为突出。古代的琴谱是用汉字偏旁、部首和一些数字拼和组成的"减字谱"，不直接指示声音，而是一种手法谱。《红楼梦》八十六回中，贾宝玉看见琴谱中"'大'字旁边'九'字加一钩，中间又添个'五'字"，林黛玉解释说："这'大'字'九'字是用左手大拇指按琴上的'徽'，这一钩加'五'字是右手钩'五弦'，并不是一字，乃是一声。"成公亮把这种工作称作音乐考古。他认为古琴的记谱方法尽管神秘而疏简，但却合法地宽容了琴人对原谱作适度的灵活处理以体现出自己的理解和个性。他打谱时，像演奏时那样投入，忘记周围的一切，充满激情的"痴迷"，像进入了一个"场"。一旦进入了这个"场"中，他就尽量少出来，不分心，不间断，连续工作数十天，弹奏、研究、记谱，一气呵成地完成。

打谱工作，加深了成公亮对古琴的理解，他摸到了古琴最深厚而沉默的脉搏。历经数年，他已打出了《凤翔千仞》、《遁世操》、《孤竹君》、《忘忧》、《文王操》等古谱。

（三）

成公亮有一件心爱的宝物，唐琴"秋籁"。她出生于唐玄宗开元三年，距今千年。1985年，成公亮从济南获此琴残躯，亲手修复，大唐遗音再响。"秋籁"，秋天的声音，大自然的声音。这个名字体现了中国一切传统艺术的哲理：与自然相融合。成公亮将自己的居所起名为"秋籁居"。

这几年国内掀起了古琴热，成公亮从不参与物质回报丰厚的商业授琴，他在"秋籁居"抚琴、打谱、作曲、钻研琴理，并往返于山水、田园。冥思静想中，古代琴曲和天地自然、人生理念的关系，古琴传统与时代的关系，在弹奏和思考中纷纷显现。他觉得，如果只是钩沉古曲，把琴乐当作非物质文化遗产小心保护，呈现给大家的一池碧水也将慢慢腐浊。墨守成规，显然不是琴学真义，琴曲素来追求行云流水的境界，汲取时代的活力才能继续获得发展。近年来他苦心孤诣地为古琴音乐寻找新方向，在"流动的传承"中抒古韵于新声。

成公亮说自己一直不是一个"主流"的人，他的音乐创作不会去依附政治题材，他认为这些东西即使一时"风行"，几年后肯定会被人们忘记，消失得无影无踪。他一生中付出最大辛劳的创作是古琴套曲《袍修罗兰》，这是根据台湾愚溪先生获得金鼎奖的小说《袍修罗兰》创作的关于佛学哲理的大型乐曲，由"地、水、火、风、空、见、识、如来藏"八首分曲组成一体。成公亮在创作中，没有对人物和情节进行描写，而是像历史上许多作曲家那样，在文学作品主题要求和小标题内容下，写出了自己对生活、对世界的思考。这部大曲用了他三年时间，那段时间，他日日用心于《袍修罗兰》，在案头写，在琴上摸弹，写完后整理繁琐的琴谱，并要把这七十分钟的八首乐曲全部背熟，弹奏好。整个过程是异常艰辛的，当在写到第六首《见》时，他对镜细照，惊见白发猛增。这次创作对他来说是一次对生命的回顾、审视和思考。当他把整首曲创作完成，完整地弹奏出来时，许多人都被琴曲那广博深厚而又充满灵性的旋律震撼了，流畅的音韵取代了言语的表达，冥茫宇宙的自然声响深深触动人的内心。

成公亮之所以能成为大师，他与别人的不同之处还在于，他既遵循传统又勇于创新。"两个太阳"便是他最好的结合，从欧洲钢琴曲《太阳》到中国古琴曲《太阳》。2001 年，德国竖琴协会的朋友给他捎来一张新唱片，在多次聆听这首"通体散弹"的钢琴曲《太阳》时，他竟然突发奇想：把钢琴曲《太阳》改编为古琴曲《太阳》！这个念头出来之后，他就试着把段落开头的 a 乐句用古琴的泛音、按音、散音结合起来弹，效果非常好，调高也恰巧相同。在这个乐句中，古琴那多样的音色替代了钢琴单一的音色，而钢琴那微妙的调性变化在古琴上也照样保留了，这让他对于未来的创作充满了信心。他希望达到的效果是：两个作品放在一起时，一听就是同一音乐，以便进行一种深层次的、不同角度的"文化观察"。那一年 8 月盛夏，他带琴去了浙江长兴的山村顾渚，在顾渚数日，再回南京家中，他的创作进行着，克服了文化观念、作曲技法和古琴弹奏技法上诸多难题。

这次创作的意义对他来说，不仅是为古琴音乐增加一首新曲，而且从中寻找到古琴与钢琴这两种乐器的连接点——这是两个具有东西方音乐文化代表意义的乐器。人类共有的太阳，对于她初升时刻的美，西方的欧洲人和东方的中国人有着如何一样或者不一样的感受？他作了一次前人没有过的大胆尝试。

成公亮，他真的成功了！

2013 年 9 月

将军的雄风与柔情

当年，邓铜山是宜兴闸口北沙滩村有名的"皮大王"，村前有座"巡按"古墓，他经常带着小伙伴们在坟场上抢占制高点，在地上画进攻路线，制作射程很远的弹弓，用石子和泥块做子弹发起进攻。虽然每战必胜，但招之而来的是家里三天两头有人上门来告状，念书倒数一二名，学期没结束，书撕破了，后来书包也丢了。人家对他父亲说，你家小山能有出息，我在北沙滩村倒爬三圈。说起当年的往事，这位正军职少将笑了。

幼时顽劣，少年发奋，青年从军，几多风雨几度春秋，蓝天下雄鹰展翅飞翔，最终他成长为共和国的一名将军。这一路走来，他最难忘的是父亲对他的教诲，最自豪的是锻造中国空军"杀手锏"部队，而今告别军旅他最乐意做的一件事是慈善。

人生路漫漫，从岁月的深处凝望——将军的雄风与柔情跃然而出。

父亲的美德影响了他一生

邓铜山有一位非常了不起的父亲，这位普通农民有着非凡的经历和传奇故事，他的美德深深影响了儿子一生。

邓铜山的父亲叫邓槐银，宜兴历史上第一个全国农业劳动模范，曾经三次见到毛主席。抗日战争时期他是地下交通员，在和桥史家庄与日寇一战中，一人摇船掩护王香雄（时任独立团营长，后任济南军区空军副司令）、徐敏（时任宜兴县委书记，后任全国妇联副主席）等二十六位同志脱险。上世纪 50 年代，他组织农民联合起来走合作化的道路，创办了苏南地区第一个农民互助组。1952 年国庆，作为全国农业劳动模范的代表，他光荣进京参加建国三周年庆典，在天安门城楼上受到了毛主席等党和国家领导人的接见。

那个时候父亲在外面名声很响，而他的儿子邓铜山在村里调皮捣蛋也很出名。直到读小学六年级，邓铜山才开始懂事，知道要好好读书求上进了。学习成绩从倒数几名变成全班第一。1943 年 12 月出生的邓铜山是家里的长子，父亲在他身上寄予了厚望，平常将做人做事的道理都融化在日常生活中。江南梅雨季节气候潮湿，宜兴农村有"晒黄梅"的习俗。雨季一过，家家户户会把收藏的物品拿出来晒晒太阳，防止霉变。邓家拿出来晒的宝物是父亲的勋章、各种奖品和证书，这些宝物放置在一个大竹匾里，阳光下分外醒目。"晒黄梅"的时候，父亲会把邓铜山叫过去帮忙，并意味深长地对他说："我没文化，工作起来很困难，你要好好读书，长大了跟共产党走，为国家做一番大事。"

父亲说这番话是发自肺腑的，他两岁跟家人逃难到宜兴，五岁丧父，十一岁丧母，过着吃不饱饭的苦日子，是共产党让穷苦百姓翻身得解放。他对党有着深厚的朴素感情，这种情感也潜移默化地影响了儿子。

邓铜山从父亲身上悟出了一种精神，一股子劲，男儿当自强，男儿当报国。高中一年级他就光荣地加入了中国共产党。1963 年空军第十七航空学校到宜兴来招生，他积极报名，初选被选上了，但由于体重不够被刷下了。这一年夏日的天气格外炎热，他顶着酷暑骄阳，奔波在接兵团和县人武部之间，向他们表达要参军的强烈愿望。当时全国正掀起学雷锋的热潮，他表示到部队后一定会成为雷锋式的好战士。一个星期的奔走，母亲给他做的一双新鞋磨破了，人家被感动了，根据他在宜兴一中的表现，破例接收了他。当他回家报喜的时候，母亲看到他满嘴是泡、憔悴不堪的样子，心疼地潸然泪下。8 月的一天，他换上部队发的军装，带着一套父亲排队买到的《毛泽东选集》和那双沾满家乡尘土的布鞋离开了宜兴，踏上了从军的征程。

从此，中国空军多了一名骁将。这个看起来个子矮矮的一脸笑意的战士，身上积聚的正能量很快让大家刮目相看：部队急行军训练，冰天雪地里那个带头破冰下水的江南小子；晚上宿营农场，那个睡在近门的位置为他人挡风，冻醒了就起来帮大伙烤鞋袜的细心小伙；那个坚持长跑，天天做俯卧撑练体魄的热血男儿；那个亲自写团歌带领大家高唱"炮火中诞生，战斗里成长"的激情政委；那个善于做思想工作，面对急难事件处变不惊的空军政治部副主任……邓铜山一路走来，如此鲜活如此饱满。

在国庆五十周年典礼上，邓铜山作为共和国将军与特邀而来的父亲同时登上天安门城楼，这一刻他感慨万千：父亲，儿子小山终于没有辜负您的期望，有出息了！

锻造中国空军"杀手锏"部队

熟悉空军历史的人都知道，中国空军有一支"王牌军"——神勇的空军第三师。这是一支光荣的部队，诞生于抗美援朝的烽火中，两度赴朝作战共击落击伤敌机一百一十四架，国土防空作战击落敌机九架，打出了以王海为代表的闻名全军的七名战斗英雄和一千多名功臣模范。1988 年 8 月，邓铜山被任命为空三师政治部主任，开始了他从军生涯最雄风激荡的篇章：与战友们一起锻造中国空军"杀手锏"部队。

1989 年，东欧发生剧变，苏联面临解体，台湾局势错综复杂，军事冲突一触即发，我国周边的军事斗争形势也骤然变得紧张。当时，中国空军的飞机性能不仅远远比不上美国和苏联，就连印度也比不上。中央军委决定从苏联引进二十四架苏-27战机，装备空军。这种飞机是当时世界上最先进的战机之一，价格昂贵，性能优越。军委将这项事关全局的重大任务交给空三师，定名为"906工程"，并调整了师领导班子，提任邓铜山为师政委，张建平为师长。

引进苏-27是军委的战略决策，是中国空军由防御型向攻防兼备型转变的重要标志和里程碑。空三师新班子接受这一艰巨任务后面临着种种考验，一上来他们就碰到了两件大事——

承担新机改装任务的团，在组织原有的歼7飞机转交给兄弟部队时，发生了一起人为破坏飞机的事件。一名特种设备师为报复分队长，故意将一把扳手扔在进气道里，当飞机滑向跑道、飞行员推大油门时，扳手吸进发动机造成停车，导致转场的大机群中断起飞。所幸飞机停在跑道上，如起飞将造成机毁人亡。事件发生后，压力之下的邓铜山彻夜难眠，军委把这么重大的任务交给空三师，能给军委一个放心吗？空三师已连续两年评为先进师党委，出了这样的事还会保住荣誉吗？他慎重思考作出快速反应，不掩盖矛盾，不怕露家丑，宁愿丢先进，一定要把问题查个水落石出。在上级机关的帮助下，很快破了案，将这名为报复分队长而作案的特设师送上了军事法庭，绳之以法，从而纯洁了内部，消除了隐患。随即邓铜山组织全师开展"从这起案件中应汲取什么教训"的大讨论，使部队受到了震撼。

这之后不久，又发生了一件事，部队训练时一名新兵因为紧张将拉了弦的手榴弹掉在掩体里，就在这千钧一发之际，一位名叫王建一的参谋长扑上前去，手榴弹在他手中爆炸，战士得救了，王建一受重伤倒下了。针对这个事件，邓铜山和师党委成员不失时机地在全师范围内开展"学英雄、见行动"活动，并利用正反典型教育部队官兵，为完成艰巨而光荣的改装新机任务做好组织上、思想上的准备。

"906 工程"开始后，上级从全空军选调最优秀的飞行员、地勤人员和俄语教员来到空三师，一时间，工作千头万绪。邓铜山发挥自己多年做思想工作的优势，鼓士气凝心聚力，把战斗英雄王海驾驶的击落九架敌机的飞机作为"师标"，矗立在部队醒目处。在基座上他题写了："空三师的征程从这里启航。"他还布置安排人员精心设计了象征空三师精神的"师徽"，让每个官兵都佩在胸前，组织官兵高唱团歌、师歌，参观荣誉室，喊响"做三师人、干三师事、创三师业，首战用我，用我必胜"的口号，激发战斗精神，鼓舞部队士气。在全师上下的努力下，各项工作有序推进。

1991 年夏天，当师长张建平亲自驾驶第一架苏 -27 战机在机场上空盘旋两周，做了一个漂亮的特技动作后安全降落时，群情激动。站在塔台上的空军副司令员林虎深情地对邓铜山说："压在我心头的一块大石头终于落地了，我们中国空军终于有了第三代战机。"

然而此时的邓铜山喜悦之中没有松懈，随着二十四架新机落地，上级命令他们一个月内必须飞起来，并尽快形成作战能力。此时苏联已经解体，在俄罗斯专家的帮助下，他们用二十二天时间组织了第一个飞行日，之后边训练边建设，用短短三年时间就出色地掌握了这种尖端武器，迅速形成了强大的战斗力。在此之前，台湾战斗机经常越过海峡中线向我方示威。自从中国空军有了苏－27，台湾战机主动避让，再也不敢靠近中线。苏－27战机成了对台军事斗争的重要威慑力量和"台独"势力最怕的"杀手锏"之一。军委给空三师记一等功，江泽民签发通令给予嘉勉。邓铜山和师长荣立三等功。

换下戎装一腔柔情付慈善

四十年戎马倥偬，转眼到了人生的秋冬季，2004年6月，邓铜山从空军政治部副主任的岗位上退休。此时，有两个单位主动找到他，一个高薪聘请他去民办大学当党委书记，另一个请他出任公司董事长，邓铜山都婉拒了。他想起了父亲，想起了自己在部队坚持学雷锋的成长经历。人活着，要多去帮助别人，这是父亲以前经常对他说的话。一辈子做好事的父亲活到九十五岁，晚年时被问及健康长寿的秘诀，他说，一是劳动，二是做好事。邓铜山从中受到教益，他认真思考着自己退下来的生活，怎样过得更有意义更有价值。考虑再三他决定选择慈善。经军委首长和总政批准，他到了中华慈善总会，并被推选为副会长。从此清风明月，善行天下，邓铜山开启了新的生活。

在部队工作几十年，邓铜山用过的笔记本堆成了一大摞，每次换新笔记本，打开扉页，他都会写下这五个字"为人民服务"。自从投身慈善事业后，他在扉页上写下了美国石油大王、慈善家洛克菲勒的话："为他人提供有用的服务，是全人类的共同责任。而且，唯有牺牲奉献的火焰，才能炼净心中的自私，且使人类灵魂中的伟大得以释放。"

邓铜山敬佩洛克菲勒，把他的话当作座右铭记在笔记本扉页上，并在工作中践行。2004年12月26日，印度洋特大海啸造成二十万人丧生，上千万人无家可归。中国人民爱心如潮，在很短时间内捐出数亿人民币，仅中华慈善总会就接受捐款约2.5亿元。中国政府决定，由民间向受灾国捐赠。中华慈善总会决定用这些善款分别在斯里兰卡和印度尼西亚建立两个灾民新村。2006年5月，邓铜山代表慈善总会赴印尼举行新村开工典礼，新村的地址选在海啸中心的一个山坡上，典礼那天，印尼的百姓从四面八方涌向现场，邓铜山向印尼人民转达中国人民的友好感情，讲述募捐中的感人故事，赢得了印尼民众的赞扬。一年后，一座设施完备、功能齐全的灾民新村拔地而起，让当地排华反华的人看到了中国人民的善良和宽容。

慈善是一种理念，一种生活方式。邓铜山从深层次上思考问题，宣传大慈善的理念，为国家分忧，替百姓解难。2011年他主导实施"先心病患儿救助行动"，帮助全国八个少数民族地区的贫困家庭患儿实施免费手术治疗。三年来共救助了两千名患先天性心脏病的孩子，手术成功率百分之百。这是一项功德无量的好事，救助行动对稳定边疆形势促进民族团结起到了积极作用。在慈善总会干了九年，邓铜山从副会长的位置上退下来，目前任慈善总会高级顾问，他依然忙碌，和中国拥军优属基金会一起组织免费培训退役士兵，让他们掌握就业技能，并为他们在北京找到工作。两年来这项工程已培训了一万多名退役士兵，最近有二十三个大型企业到培训班上招聘，学员供不应求。为慈善奔忙，使余热生辉，为千千万万的人谋福祉，这是邓铜山最乐意做的事。

2014 年 1 月

金刀是怎样炼成的

　　他微笑着向我们走来，步履稳健，目光坚定，英气中透着儒雅。尽管离开故土三十多年，但家乡宜兴在徐志云的心目中从来不曾远离，也永远不会疏离。这位三十六岁就成为教授的全军最年轻的著名心胸外科专家跟家乡人说话，依然有着浓厚的杨巷西乡口音。宜兴人的聪慧、杨巷人的实诚质朴，构成了他不变的精神底色。让我们透过他身上外在的一串串光环，先从"失约"的晚餐开始，在一个生死急救的故事中走近真实生动的徐志云。

（一）

2012年12月15日下午，一位姓杨的徐舍企业职工在工厂作业时意外从高处摔落下来，导致心脏破损，骨盆、胁骨多处受伤，在工友的护送下他被紧急送往宜兴武警医院救治。由于伤势严重，下午四点多钟病人又从武警医院转送宜兴人民医院。此时病人已处于休克状态，血压只有40/20mmHg，生命垂危。人民医院心胸外科的医护人员立即展开救治。当医护人员打开患者的胸腔，却发现心脏破裂出血的地方在心脏后端，根本看不清裂口，破损的地方血止不住，心脏修补手术难度极大，病人随时有死亡的危险，一时间手术室里空气紧张凝重。也许这位患者"命大"，冥冥之中有天意，死神向他走来时竟然意外碰到了"救星"——第二军医大学长海医院心胸外科主任徐志云正巧抵达宜兴人民医院。傍晚六点钟，一路风尘从上海赶到宜兴的徐志云原本有个相约的晚餐要赴，听到这个病人的情况后，他二话没说就投入抢救，在两个多小时的抢救中上演了一出生死逆转的大剧。

而此时，一群人正在等徐志云入席开宴，这次晚餐是三天前约好的。

作为"天南地北宜兴人"专题报道中的重点人物，徐志云受到了家乡媒体的关注。12月12日，《宜兴日报》、宜兴电视台的记者专程赴上海第二军医大学长海医院采访他。其间，记者近距离接触徐志云，与他的恩师、学生、同事交谈，追寻他成长的轨迹，感受他成就新一代名师的心路历程。采访中记者听说宜兴人民医院的心胸外科是由徐志云一手扶植发展起来的，15 日他受邀到宜兴来，第二天要帮宜兴人民医院做三台手术，报社的记者闻听此事立马来了兴趣，说不定可以挖到更多的细节呢。于是，在上海采访时记者就跟徐主任约好，到了宜兴请一定到报社来作客，而且彼此约好：15 日晚上六点前在报社餐厅"不见不散"，性情中人的徐志云欣然接受了这个邀请。

15 日晚上五点五十分，报社记者收到徐志云发来的短信："刚进宜兴市区，我先到医院去看一下明天做手术的患者，让您久等了，不好意思！"

"没关系，我们等您。"报社的记者边回复这条短信边感叹徐主任"赶到宜兴晚饭不吃，先去看望患者的职业精神"。之后大家就耐心等他，谁知等啊等，等到肚子都饿了，却等来一个消息，徐主任亲自上手术台抢救一位心外伤的病人了。这台手术也不知何时才能结束，看来晚饭一时间吃不成了。大家也无心开宴了，简单吃了碗馄饨就散去。事后经了解，晚上近九点钟，病人心脏修补成功，心脏复跳，徐主任才走出手术室。这位杨姓患者今年五十七岁，是家里的"顶梁柱"，因为结婚晚，儿子才十五岁正在读初中。他的侄女告诉记者："当时并不知道抢救叔叔的是全军著名的心胸外科专家，过了两天才知道这个事，叔叔真是运气好，我们全家都感激徐主任，感谢人民医院的医护人员给了叔叔第二次生命。"

这是一次"失约"的晚餐，也是一次难忘的晚餐。徐志云在家乡的一次"失约"，却救活了一条命，而这样的事情在他的从医经历中实在太多太多。

徐志云说，上了手术台就如上了战场，医生没有固定的战场，哪里有需要哪里就是战场，救死扶伤是医生的天职。把危险的病人挽救过来，这是一个医生的乐趣和幸福感。这位曾经获得中国心血管外科界最高荣誉——"金刀奖"的医生，就是这样践行着自己朴素的理念，心怀仁爱之心，用高超的医术，铸就了名副其实的"金刀"。

（二）

徐志云是普通农民的儿子，父母生养了七个孩子，他是家中的老四。在这样一个多子女的家庭，父母整日在田间劳作，没有也不可能有过多的精力去悉心照料每一个成长中的孩子。犹如田野上一棵自由生长的树，风吹雨打养成了徐志云顽强刻苦的禀性，苦难的经历让他一生受用。他至今记得，困难时期家里经常断粮，有一年地里的新稻谷还没上来，家中没米下锅了，一家人吃山芋南瓜。那个时候他白天帮家里干农活，晚上在煤油灯下苦读，农村夏天蚊子多，他就把脚泡在水桶里。第二天早上起来鼻子里黑乎乎，那是给煤油灯熏的。

十八岁那年，他考入第二军医大学医学系，从此命运得到改变。五年后他以优异的成绩毕业留校分配到长海医院心外科工作。

长海医院心胸外科有着无比辉煌的历史。1965 年 6 月 12 日，我国第一例人造心脏瓣膜置换术在长海医院取得成功，这一成果当时被列为全国十大新闻之一，它是我国成为继美国之后世界上第二个拥有人造心脏瓣膜的国家。在这个人才济济的科室，初来乍到的徐志云耳濡目染了蔡用之、张宝仁等名医名师严谨的治学精神，从骨子里喜欢上了这个既充满挑战又充满生机的新环境。

他不会忘记蔡用之教授对他一生的影响，许多生动的细节至今历历在目。上世纪 80 年代长海医院研制新型人造心脏瓣膜，徐志云跟随蔡教授做动物试验，一头扎进实验室，没日没夜跟试验犬在一起，蔡教授凌晨三点醒来还要打电话到实验室询问各项指标情况，其严谨的作风带动了整个团队。记得在给试验犬做心脏瓣膜置换时，徐志云碰到意外事故，当时他作为助手去调整手术无影灯，不幸因电路老化而触电，幸亏旁边有人发现异常，立即中断电路，而他此时已无呼吸，心跳微弱，紧急人工复苏后才恢复意识。

他不会忘记张宝仁教授对他的嘱托，将所学技术和知识报效祖国、报效母校。1998 年 5 月已是学科副主任的徐志云被选派到美国著名的 Starr-Woods 心脏中心学习和工作。在美国两年他取得了行医执照，参加了一千多例冠心病和大动脉瘤手术。并在美国导师的指导下，主刀完成了近百例冠状动脉搭桥手术，这在出国医师中实属罕见，他因

此深得导师的赞赏。当时，长海医院心胸外科的一位副主任对张宝仁教授说，徐志云肯定不会回来了。然而，张教授对徐志云有信心，他相信徐志云学成后一定会回来的。果真，2000年4月徐志云带着家人毅然回到阔别两年的母校，回国后仅休息两周便投入医院的临床工作和科研之中。

大动脉瘤外科治疗是心脏外科中最具挑战性的手术，特别是主动脉弓部置换术、主动脉夹层术等复杂手术风险很大，国外手术死亡率高达10%—20%。徐志云在回国当年就施行了二十多例，仅死亡一例。在他的带领下，长海医院心胸外科大动脉瘤手术量逐年上升，年手术量一百五十多例，手术死亡率低于5%，处于国际先进水平。

"大凡名师大家，不仅要有能，更要有仁。"2002年徐志云从心胸外科主任张宝仁教授手中接过"接力棒"，他就经常这样叮嘱科里的同志。近年来，为了给广大贫困先心病患儿争取治疗机会，他联系华夏慈善基金会，为"爱佑童心"慈善工程提供技术扶持，目前心胸外科已为一千多名患儿成功"开心"。

"金刀"锋从磨砺出，梅花香自苦寒来，徐志云用自己的心血和汗水抒写了一曲生命的赞歌，2011年他荣获中国心血管外科界最高荣誉——"金刀奖"。

（三）

外科医生胆大心细，一般都比较豪爽，而外表大气的徐志云更是琴心剑胆内心柔软。离开家乡杨巷镇五泉村已经三十多年，随着年龄的增长，他对亲情乡情也格外看重和珍惜。说起父亲他充满了敬意，他们家七个孩子，在艰苦的岁月里一家人相依相伴。父亲做了三十多年村书记，做事向来"公心"多，对集体的事一点都不"含糊"，父亲做人做事的风格由此深深影响了他。至今他对父亲心怀一份内疚，在父亲得胃癌动手术的时候，做医生的儿子却远在美国学习，没能赶回来陪在身边。

"有父母的地方就是家呀！"徐志云对宜兴没有一点距离感，他经常回老家看望父母，家乡人到上海来看病也会找他帮忙。不光是他跟家乡没有距离感，就连他科室的同事跟宜兴也很亲近。老主任张宝仁那天一见宜兴媒体的记者就直夸"宜兴好啊，宜兴人好啊"。这位年近八十岁的老教授跟宜兴十分熟稔，马上道出了宜兴的特点："陶的故都、洞的世界、茶的绿洲、竹的海洋、教授之乡。"张老先生说，从徐志云身上看到了宜兴人的质朴和重情重义。导师的生日徐志云每年都记得，今年8月18日是张老最难忘的日子，徐志云在五星级酒店为张老隆重庆贺八十大寿。这一天张老远在美国的两个女儿也回来了，全国三百多位心胸外科专家到场，以学术交流的形式为这位德技双馨的一代名医祝寿。

从杨巷故土走出来的徐志云如今在全军心胸外科界享有盛誉，就像树的生长一样，"无论长得多高，总将依恋泥土"，如今他更愿意用自己的技术为家乡服务，为宜兴的心胸病患者解决痛苦。宜兴人民医院心胸外科就是由他一手扶持下建立发展起来的。十多年前，宜兴心胸病患者基本送外地大医院救治，人民医院没有能力做这样复杂的手术。2001年，徐志云促成家乡医院与长海医院技术协作，这一年人民医院派出了一个团队，请长海医院培训手术医生、麻醉师、护士。这批人学成回来就创建了宜兴人民医院心胸外科。经过十年磨砺，心胸外科已成为医院响当当的重点学科。人民医院院长谈永飞在说起这件事时非常感慨："这个意义不是单纯的我们会做心胸外科大手术了，而是它带动了我们医院整个基础学科上高水平。"

2012 年 12 月

牵引中国速度的宜兴人

在中华大地上，当一列列高速行驶的列车呼啸着从铁轨上驶过时，人们或许不会知道，有一群追逐速度的人在幕后默默奉献了二十多年。风是他们的羽翼，铁轨是他们延伸出的梦想。而带领这支团队，用质量和速度书写着中国轨道交通发展轨迹的领军人物是宜兴籍、中国高速铁路牵引动力首席科学家张卫华。

实验室跑出最快动车

在西南交通大学，有一座外观为红色的房子格外引人注目，这就是牵引动力国家重点实验室。这里拥有世界上最高时速的动车组运行模拟实验平台，以每小时六百公里的运行速度，模拟动车组在不同干扰下运行，全方位实现对动车组运行性能的测试和参数优化。国内所有新型列车，出厂的第一辆车都要先运到实验室接受监测，通过之后才能实地试验。主持这个实验室的是西南交通大学首席教授、国家"973"首席科学家张卫华。他带领的这个特殊团队获得了两个国家科技进步一等奖、两个二等奖和一个国家自然科学二等奖。

二十多年前，国外高速列车时速达三百公里以上，我国铁路列车平均时速为五十四公里，旅行时速更低级，只有四十三公里。中国铁路需要大发展，列车速度需要大提高——这是中国高速铁路之梦的起点。1989 年，西南交通大学教授、现为两院院士的沈志云认识到铁路的未来除了要建设更多的铁路网，实现能力扩充，还应该提高列车的运行速度。为此，他萌生并提出建立铁路机车车辆的试验研究平台，开始筹建牵引动力国家重点实验室。此时，踏实勤恳、拥有机械和力学两个学位的张卫华引起了沈志云的注意，他邀请张卫华加入牵引动力国家重点实验室的筹建工作，并成为他的博士研究生，那一年张卫华二十八岁。

铁路独特的轮轨系统，不仅支撑了整个列车，还负责列车运行的导向、牵引与制动。在筹建牵引动力国家重点实验室之初，沈志云希望建设一个单轮对的轮轨滚动接触试验台，以了解和验证轮轨接触力学。以张卫华为代表的年轻团队却雄心勃勃，希望直接建设可以满足机车车辆整车试验的平台，这样不仅可以更加真实地研究轮轨关系，还可以实现机车车辆运行模拟。然而，类似这样复杂的机车车辆试验台，仅在德国和日本才建设过。当时我们国家列车运行时速只有几十公里，他们的设计目标却向世界看齐，试验台的设计时速是四百公里／小时。尽管这一速度指标远远脱离现状，但大胆和"好高骛远"却成就了牵引动力国家重点实验室。

当年沈志云希望张卫华去筹建实验室时曾说了一句话："你能不能吃苦，敢不敢当'拼命三郎'？"不甘示弱的张卫华毅然接受了这份邀请。但当他参与到实验室的筹建工作后，才真正体会到沈志云说的"拼命"二字。设计没有蓝本，年轻的设计者甚至没有见过世面，更没有设计的经验，而且对当时时速只有几十公里的列车，张卫华他们设计的试验台时速却高达四百公里。设计不仅需要理论上的突破，更需要符合我国当时的工业现状和制造水平。白手起家的他们，北上南下奔东跑西，四处寻找能够制造部件的厂家，奔波的生活一过就是五年。1994 年，试验台终于建成，中国因此成为世界上第二个拥有机车车辆整车滚动试验台的国家。

2008 年 8 月 1 日，我国第一条自主设计建造、具有国际一流水平的京津城际铁路通车运营。"和谐号"高速动车组营运时速达到三百五十公里，创造了铁路运营速度的世界之最。从时速几十公里到一百六十公里、两百公里，再到"中华之星"以及 CRH 动车组突破三百五十公里／小时，张卫华带领他的团队奋斗了很久很久，人们不会忘记这位牵引动力专家付出的艰辛与汗水。

铁牛金牛的故事

1961年4月，张卫华出生在宜兴大塍三阳村一个普通农民的家庭，在张家三兄弟中，属牛的他排最小。上世纪六七十年代的江南水乡，耕作方式还是靠传统的水牛，农村几乎每个生产队都有几头集体耕牛，翻耕土地全靠它。这耕田不但是个技术活，更是个体力活，即使在大冬天，几圈下来，老农也已汗流浃背了。张卫华那时的梦想实用又简单，他希望成为农机技术人员，掌握农村最先进的技术。当时三阳村的水牛由他二哥建华负责看管，张卫华放学后把书包往桌上一撂，就跑去帮二哥放牛，上学、放牛、割草和玩耍是张卫华儿时生活的全部。终于有一天，生产队拥有了一台手扶拖拉机，这台"铁牛"耕田不吃草，翻田速度比老牛快。张卫华稀奇极了，忍不住爬上拖拉机，用手去摸一摸，脑子里琢磨着"铁牛"的神奇，也许正是从那个时候开始，他对机械产生了特别浓厚的兴趣。

1979年张卫华参加高考，以超出重点分数线十多分的成绩，报了五所师范和医科类普通类高校，当时在农村人的心目中，医生和教师是最受尊敬的职业。然而命运却向他打开了另一扇门，由于成绩优异，他意外地被重点学校西南交通大学录取。西南，当时心目中遥远而又陌生的地方，却成了他一生学习和奋斗的地方。

上大学前，年轻的张卫华都没见过火车，更别说坐火车了，这次意外的求学让他从此与火车与轨道交通结下了不解之缘。个子不高、思维活跃的宜兴人张卫华对机械有一种天生的领悟能力和对专业的热爱，他的敬业更让师生们折服。经过多年的奋斗，他很快站到了这一领域的前沿，在制约列车速度提升的车辆系统动力学、转向架技术和弓网关系研究方面结出了丰硕的成果。在西南交大牵引动力国家重点实验室，梅桂明博士从二十四岁那年读硕士研究生开始就跟随张卫华教授，十四年来张老师的品格和言行深深影响了他的人生观、价值观。记得那年为了国家"973"计划项目，张教授没日没夜地工作，每天只能睡四五个小时，长期超负荷工作，他突发面神经瘫痪。当梅桂明和其他学生去医院看望他时，他笑着说："你们各自把手中的活儿干好就是对我最大的支持和安慰。"

有一个数据足以说明张卫华忙碌辛劳的程度，去年一年他坐飞机单程一百一十一次。他的日程安排总是满满的，出差时都在不停思考。有时候一个灵感出现往往是夜半思考中产生，同事们经常收到他的邮件是夜里十一二点钟，甚至更晚。

作为从宜兴走出来的著名专家教授，张卫华身上有着宜兴人特有的品质。在牵引动力科技领域，他像老黄牛一样勤奋、刻苦，属牛的他已连续两届（十年评选一次）被科技部评为国家重点实验室建设先进工作者，获得"金牛奖"，曾有媒体称他是"擒住金牛的人"。今年6月他又获得工程院最高奖——"光华工程科技奖"。而在所有获得的奖项中，他最看重的是英国机械工程师学会授予他的金奖。张卫华提出的接触网数字模型被国外同行认为是世界上三大接触模型中最完备的模型，相关论文评选为2005年度学会最佳原创论文，并被授 Thomas Hawksley 金奖。该奖项自 1914 年设立到 2005 年，每年评选一篇，有二十二年空缺，张卫华是唯一获此殊荣的中国学者。这一珍贵的荣誉是对他多年付出的肯定，正如英国方面给他的贺信中所说："这是值得您非常非常自豪的。"

乡音未改乡情浓

面对专程赶到成都采访他的家乡媒体，张卫华用一口宜兴话跟记者聊了起来。

"小辰光,我笔细的个头什么活都干过,割草放牛挑担都做过。"回忆往事，张卫华年少时的生动有趣依然清晰可见。那一年高考，他和大塍中学的学生一起到周铁中学的考点去,隔夜生产队里聚餐,不会喝酒的他钻在大人堆里不知怎么就喝多了，出发时还晕乎乎。那时候的高考不像现在这样隆重由家长接送，他和同学到周铁考点住在棠下小学，此地距离他舅舅家几公里路。舅舅王炳全是个读书人，以前就读镇江师专，因为历史原因学校解散后回家务农。张卫华非常尊敬这位知识分子舅舅，高考前的晚上他带一个同学步行去看望舅舅。外甥来了舅舅自然高兴，沙塘港村盛产渎上西瓜，舅舅客气地款待他们，两人吃饱了西瓜夜里摸黑赶回住宿地，不知怎么就迷路了，到半夜才摸对住的地方。第二天考试张卫华发挥不好，这一年他以相差十三分落榜，父亲为此严厉地批评了他，这件事对他影响深刻,自此他踏实用功,发奋图强,第二年终于考上西南交大。

　　年少时的张卫华非常真诚率性，智慧聪颖，家乡的山水养育了他，农村摸爬滚打的经历又使他比一般人更能吃苦。如今，张卫华功成名就，成为著名的专家教授，但树高千尺连着根，离开家乡三十多年，家乡始终在张卫华心里，家乡有他八十五岁的老母，有他血肉相连的亲情，他经常会回老家看望。宜兴这几年日新月异的变化，让他倍感自豪。在采访中他也建议，宜兴要建立长效联络机制，利用在外乡贤的资源为家乡发展所用。

2012 年 9 月

老人与孩子

　　说起来，老人与孩子都有点不幸，又都有点幸运。

　　老人一生未生育，六年前住进了社会福利院。这三十多个孩子都是弃婴，大多先天不足，不是身残就是智残，现在都由福利院收养着。

　　老人虽未生育，却喜欢孩子，这些孩子怪可怜的，生出来没多久就被父母抛弃在垃圾桶旁、荒草丛中，亏得有人发现，不然早就被饿死或冻死了。有好几个孩子送来时已经奄奄一息，都快要死了。还好，现在他们都缓过来了，长得有模有样了。福利院的阿姨们给他们起了好听的名字，全都姓宜，叫宜海、宜健、宜康、宜民……一大群"宜"字辈。老人和孩子同住在福利院，但不在同一个区域，老人经常去看他们。

没有父母疼爱的孩子已经叫人心痛不已了，而他们还都有着这样或那样的缺陷，这就格外叫人怜爱了，老人怜惜他们，看他们时的眼神慈爱极了。

那个叫宜海的，长得粉嘟嘟的，长长的眼睫毛，多漂亮啊，可脑发育不健全，总是冲着人吐舌头。老人像个祖母，伸手去拉拉他的小手。

那个有着一双明亮的眼睛，看上去好好的孩子，却是个聋哑儿。老人忍不住就想摸摸她，好可怜的孩子。老人这辈子没有自己的孩子，现在也不为什么，心里满是爱怜。

秋风打落了一地的树叶，外面的风刮得呼呼响，寒冬就要来了。老人想，这些孩子过冬应该有双暖和一点的棉鞋，现在街市上卖的保暖鞋大不如从前的老虎头棉鞋，年轻人早已习惯了买现成的，根本不知道老虎头棉鞋有多实在，孩子穿了有多舒服。瞧瞧，那老虎头棉鞋上绣了个"王"字，两撇胡须，真的是虎虎有生，孩子也像老虎一样健壮，多神气呵。老人曾经想过无数次，亲手做鞋子，编织小人衣，给自己的孩子穿，可今生有遗憾，她一直没有这样的机会。现在，她想赶在冬天来之前，给这里的孩子每人做一双鞋子。

老人年轻时有着一双公认的巧手，自己能裁剪衣服，编织各式毛衣。进福利院的时候,她还带来了一台缝纫机,简单一点的衣服她都是自己亲手缝纫的。年纪大了,有点老眼昏花,可她的手还是这般灵巧,几个月大小的孩子暂时还穿不上棉鞋,她就编织小小的"毛线鞋",软软的底,软软的帮。大一点孩子的脚就要描鞋样、扎鞋底了。现在还有谁会扎鞋底呢?街市上连鞋底线都难买到了。她想了半天,才想起福利院食堂里的面粉米袋上有线,拆下来搓成鞋底线就好了。这件事她做得很认真,用了将近一个月时间,二十几双小鞋子全都做好了。

冬去春来,转眼又是夏天,老人又想了,夏季天热,孩子们穿了汗衫容易出痱子,要是扎个兜肚就凉爽了。小孩子穿兜肚最神气不过了,你看年画上的"鲤鱼跳龙门",那个胖小子穿了个红兜肚多好看呵。老人想想就要笑了。她认识裁缝铺的人,铺子里的师傅听说是给福利院的孩子做兜肚用,爽快地将裁剪下来的边角边料都给了老人。老人像得了宝贝似的,拿回来做了二十六条兜肚。这个夏天,孩子穿了就不热了。老人这样想。

用最大的爱,做小小的善事。

这位老人叫张庆芳,今年八十二岁。

2004 年 6 月 13 日

哥哥，哥哥

一枚诗意的生命果实突然坠地，大地会不会感觉到一丝疼痛？

一个笑声朗朗的人突然去世，喧闹的世界会不会有一丝空旷？

一个人的一生如果要让生者来总结，是多么艰难的事情，通篇都是眼泪的省略号……

我哥哥纪新一直是属于那种"有点阳光就灿烂的人"，按现在成功人士的标准来衡量，他是那样的非常非常不成功。因为在数字化的时代，我们打量社会和别人，总是以数字来作尺度的，他住着价值二百万的房子，开着六七十万的车子，哇，他是个成功人士。可是，我哥哥一无所有，收入没别人高，房子没别人大，穿着价廉的皮夹克，几十块钱一双的皮鞋。妻子患多种慢性病，没工作没劳保，女儿上高中，这样的生活实在是太糟糕太糟糕。但是没权没钱对于他来说没关系。没钱没权没好的生活条件虽然有点糟，但还不是世界末日，没有希望没有明天才是世界末日。他总是活在自己真实的世界里，没事偷着乐。我一直记得他有次打电话给我，叫我和妹妹一家去人民剧院看宜兴市新风颂文艺调演，他自编自导了一个小品《凤凰又飞回来了》。我从来没见过他上台，觉得他在台上像个丑角，但他自我感觉挺好，第二天还打电话来问我演得如何，还说这个节目是全市十三个小品中选出来的。我照实说了自己的感觉，那天电话放下后我有点后悔，觉得他不容易，都奔五十岁的人了还有这种生活热情。

　　哥哥属鸡，今年五十岁。他虽大我五岁，但很多人都以为他是我弟弟，而事实上他真的像我长不大的哥哥。小时候他聪明好学且贪玩，夏天捉知了，晚上将响巴子知了放在蚊帐里；他爬上房顶掏燕子窝，自己织网扳鱼，爬到河里摸蛤蜊；到太湖边采桑叶回家养蚕，我们曾偷偷看蚕宝宝上山，怎样绕着草笼吐出千丝万缕，最后雪白的茧子像鸽蛋一样散落在草笼中，我们兴奋不已，那时我屁颠屁颠跟在他后面挺崇拜他的。长大后，不知道是我成熟世故了，还是他始终没长大，我对他的生活方式有着许多的不认同。我总忍不住"说"他，甚至有点"教训"他，我说你能不能有点野心干点有出息的大事？你能不能心里设点防讲点实惠，做点有利可图的事？你能不能少做些空头事把家里的日子打理好？他总是笑笑甚至有点敬畏我回避我。宜兴城里他的知名度比我高，作家诗人画家记者节目主持人都是他的知交，算命的瞎子、看风水的先生、南岳寺的和尚都是他的朋友，开锁修自行车的小黑、卖猪头肉的王胖、皮匠乐手甚至扎花圈的都是他的熟人。他一出门走上大街就不断跟人打着招呼。上街买菜，卖猪肉的人一眼认出他热切招呼着："你这个胖子，昨天我在电视里还看到你献血呢，来来来，买点肉回去补补。"他得意且心直口快马上声明："哪里哪里，本想献血，人家抽来抽去都没抽到我的血，我血管细，结果电视台的朋友摄下了这个镜头，不好意思不好意思。"很多时候很多场合他是风趣幽默搞笑的高手，自我陶醉自我感动。

在他眼里，人无贵贱，裁缝、皮匠、剃头佬不算低下。在他心里，品格自有高下，他从不取悦权势。人家交往讲功利他不讲，有他在就有快乐笑声在，所以总有人请他喝酒。我不认同他的生活方式，并深深地担心他处世的能力，人世间割不舍的是血肉亲情，兄妹情谊深埋心底，而现在想来我表达的方法是那样地欠妥。我想对哥哥再好一点，我想与他作深层次上的交流却永远也没有机会了。我们最后一次文字交流是在大年初二，我在去哈尔滨旅游度假的途中给他发了条短信："辽阔的东北平原，白雪皑皑，我好开心哎，祝你春节快乐！"他马上回了我一条短信："去亚布力滑雪，到太阳岛去看冰雕，你可以在冰屋里吃火锅。"这条浪漫而富有诗意的短信竟成了他给我的最后一个文字信息。

满身优点和满身缺点在他身上得到充分体现，他不懂掩饰自己，鲜活明亮是他一生的主色调。对生命和人生不同的理解决定了一个人不同的生活方式。人们常常更多地在追逐地位、名利、金钱的过程中觉得是有效地使用了生命，而其中心灵的欢悦、饱满、激越与否，常常不太看重。现在想来，我为什么要不认同他？他为什么不可以不抱野心，只为自己高兴而生活呢？各人有各人的生活价值观，有人喜欢当官，有人想着发财，我哥哥喜欢自由自在，说不上哪一种生活方式是最好的，只要这种生活适合自己就是好的生活。在他眼里，夕阳有诗情，黄昏有画意，一切都有意思。过年时他在工作的地方，新街报纸发行站大门上书写对联一副："送一片光明，报万家平安。"即使是送报纸这样的苦行当他都能找出乐趣来。他是发行站长，可他常常自己骑车送报，一路大声唱着歌，发自内心地歌唱。我不知道是什么赋予了他生活的价值、意义、热情和想象力。

天上月圆月缺，人间悲欢交织。安葬哥哥的这天正是元宵佳节，老家周铁一带元宵灯会一片沸腾，想必我那永远也长不大的哥哥肯定会去看热闹，评价一下谁家的龙灯调得好，谁家的狮子灯扎得好，与邻里乡亲叙旧，抽着儿时伙伴小猪发来的劣质烟，与双胞胎兄弟大男小男说笑，高兴时还会表演他的"倒立"绝技，最后还会感觉不错地大声说："我，冯纪新，一年到头不吃一粒药，身体棒得很，就是经常练这种倒立。"这个元宵节他肯定是这样过的，我相信他长眠在故乡的山冈上永不会寂寞，他总会找乐的。

在这样一个人人陶醉的元宵晚上，我在宜兴城里，鞭炮声不绝于耳，天光和地光一片亲和，我在自家的院子里朝老家方向遥望，那漫天飞舞的烟花照亮了夜空，这多像我哥哥那瞬间绚烂又很快归于沉寂的生命。我止不住泪流满面，心里忽然涌出一些片断感觉。我返身回到桌子前，坐下来拿起笔，在纸上写下了这些感觉：

　　能够把一切人生苦难都化为洒脱的那是一种心态。

　　不管是否准备好，有一天一切都会结束，不再有旭日东升，不再有灿烂白昼，不管你拥有的还是亏欠的，都不重要，而重要的是你曾充满热情充满朝气充满生机地活过，并感染着这个世界。

　　一切都没有什么，都是瞬间，而生活中仍会有许多明亮而又温暖的瞬间在心间反复无穷，拼接着一个又一个平淡的日子，一天、一年、一生，就这么慢慢走过……

这是写给我哥哥的，也是写给我自己的。

2006 年 2 月 18 日

泥匠钟波

　　车流如潮的街市上，有人连叫了我几声，我猛一回头，哟！是泥匠钟波。两年不见，他变了，穿着干净整洁，样子像个老板了，腰间还挂了个"大哥大"。

　　泥匠钟波为安徽肥东人。两年前，我家房子搞装修，想找个泥匠平整一个墙面，而他当时正在宜兴一建筑工地上打工，经人介绍他来我家做了几天活，见他勤快肯吃苦，我们就把外墙内墙的活都交给他做了。他原来一直是在别人手下做小工的，这次是自己接下的活，因而特别巴结卖力。7月盛夏，太阳火辣辣的，钟波连中午都不休息，站在脚手架上贴墙砖。住我家隔壁的谢老板来转了几圈，私下"考察"了钟波所做的活，看看比较满意后，也把家里的泥工活包给他做了。这一下钟波活泛了，他兴冲冲打电话到安徽老家，把两个弟弟和一个妹夫都叫来，这一家子居然都是泥匠。

过了几天他老婆也来宜兴，带着两个孩子坐了别人的便车，到达宜兴已是夜里八点钟，一时找不到钟波，母子三人就在车站旁边宿了一夜。第二天早上，我看到钟波喜滋滋的，一问才知，原来是他老婆来了。我瞧见他老婆和孩子都睡在地铺上，这两个孩子不到十岁，睡得都像小猪一样，旁边切割瓷砖的机器声震耳响，他们居然都睡得着。

钟波老婆来后专门负责买菜做饭，都是出苦力干活的人，饭量特别大，但他们吃菜很节约，常常是"胖卜头肉"烧一锅大白菜。

钟波不到三十岁，模样却像个小老头，这都是日晒雨淋整天苦干的结果。然而他毕竟还是年轻，在埋头苦干的同时也思量着"潇洒"。有天夜里，他去氿滨公园溜冰，摔了个四脚朝天，第二天脚上贴了五张伤膏药，走起路来一拐一拐的，手肘上涂满了红药水。

这就是钟波，一个刻苦而又有点小聪明的外地人。

我家的房子完工以后，钟波接着又帮谢老板家装修，前后做了近两个月。之后，我就没有再见到他。这两年多来，我看到附近工地上的民工，常猜想，钟波是否也在他们中间呢？到菜场上去买菜，有时候看到买"胖卜头肉"的外来妹，我总留意是否会是钟波的老婆。事实上，人海茫茫，哪里会碰得这样巧呢？而像钟波这样的外地民工，宜兴又有多少呢？筑路造房，哪里最苦哪里就有外地民工。

带着致富的梦想，背井离乡闯天下，其中的艰辛对外地民工来说不言而喻。泥匠钟波这两年终于奋斗出来了，这次从街市上见到他的一刻起，我就明显感觉到了。他不再是乱七八糟的头发，模样好看多了。他告诉我，现在一家人租了房子，两个小孩都在这里上学。过去他帮别人干，现在人家帮他干，他成了小工头。两年中他从别人手里接包了六个工程，量不大，却赚到了三十多万，他准备再干两年回老家去发展。

泥匠钟波是外来民工中较有代表性的一位，更多的人没有他这样幸运，他们艰难地生存着，出着最苦的力，吃着最差的饭菜，一幢幢高楼造起来，他们从一个工棚搬到另一个工棚。很多时候，人们像防贼一样对待他们，其实他们中间的大部分人都是值得尊重的，在人格上都是平等的，他们的汗水洒在宜兴的大地上，为宜兴的建设添砖加瓦。

来也匆匆去也匆匆，茫茫人海中，晃动着一张张疲惫而又充满着憧憬的陌生面孔，这些外来民工和钟波一样在寻找着自己的梦。

我祝福泥匠钟波，也祝福所有刻苦而又踏实的外来民工。

2001 年 3 月

一点点剥蚀

一支生命的蜡烛突然熄灭。

那一天下着很大的雨，我看见亲戚们三三两两在姑父的遗像前鞠躬默哀。

姑父年轻时一表人才，写一手好字。他是学农的，在农业部门搞技术推广，姑母在镇上当妇联主席。这两人是我们这个家族里最为出色的一对。姑父那时是绝对地有"精神"，不光人长得英俊，而且什么都能露一手。那时候，还没有电视看，家家都装了个小喇叭，宜兴人民广播站天不亮就开始广播了，由王富生提供的农业稿经常播出。王富生便是我姑父，我们听了，觉得姑父挺了不起的，都到广播喇叭里去了。年轻时的姑父是大家眼里的"样板"，笑声朗朗的，一回到家又特勤快，洗衣做饭还会包粽子。1984

年我考到宜兴报社当记者，有一次收到一篇来稿，表扬农业局的王富生多年义务为周围的人理发，是"活雷锋"。我笑了，这便是我姑父。

如果将一个人看作是一个立面墙，我姑父那时候确实是光挺整洁的，就好像新房子里的墙面你怎么看都觉得舒服。

没有一面墙会始终保持着光华如新，岁月可以将墙面改得面目全非，慢慢地墙上花里胡哨，继而灰尘斑驳，一点点被风化一点点被剥蚀。一个墙面是这样，换句话说，一个人最难得的也是贯穿于一生的品质和品格，永远不褪色。

没法说姑父有多大的变化，倒是他周围的人变化大，一个个当了领导，他好像不是太得志，但在我们面前他依然笑声朗朗，爱好也多起来了，钓鱼、打麻将之类的。有次坐人家的摩托车出去打麻将，开车的人没摔坏，他摔断了骨头，从此走路不太利索。

在接近退休的时候，他把更多的时间放在研究姓名学上，家中摆了许多书，全是有关姓名方面的算命书。大人物的名字他拿来算，小人物的名字也拿来算，布告上红笔勾销枪毙的人也是他研究的对象。有一次他神秘兮兮地指着电视上某位大人物说，这个人肯定结局不好，孤独终老，按他的名字笔画看，虽是"首领之数"，但画数不吉。他的这番话我们只是听听而已，不大当真，因为按他的意思我们的名字也都要改。

人的风化剥蚀是多么厉害，一个很"精神"的人就这么模糊起来，直至消失。他将别人的命算来算去，唯独没有算到自己，在一个春日的下午，他突然倒地，一句话都没来得及说就告别了人世。

亲人们伤心于他的不告而别，继而怀念起他在世时的点点滴滴，在一片哀乐声中我想到的是他年轻时的样子，生命一点点被风化的过程。我突然很难过，我也是这样走向未来么？

2004 年 4 月

吴草莓

传达室的师傅跟我说："有人给你送来了草莓和玉米粉。"我笑了，这肯定是"吴草莓"——吴士俊。

这一天，编辑部好多同事都尝了新鲜的草莓。大家说，今年草莓比较甜，吴士俊推广的"绿威十八"植物营养液起作用了。由草莓说到吴士俊，这么个平凡的人竟让我们有着太多的感动。

认识吴士俊是在十七年前，他在农技站搞推广，而我，则刚当上记者。当时农民种惯了稻麦油菜，不知道草莓为何物，这水果不像水果、红不红白不白的东西怎么种？吴士俊到处说是从日本引进来的，种植前景广阔，可宜兴人根本不吃这一套。记得那一年春天，南漕乡有节场，四乡八邻的农民都去赶集,吴士俊在集市上摆了个摊,介绍他的草莓,乡下的人都很稀奇,围着他七问八问,这草莓种出来好吃不好吃?有没有市场销路?这天下起了雨,他就撑着雨伞,向群众宣传,绵绵不断的春雨弄湿了他的头发,我们的摄影记者抓拍到了这么一个镜头,而在现场的我当时也不知道种草莓真的如他所说的那样会让农民富起来,只是觉得有一种精神在感动着我,当即我回报社也发了一条消息,题为"把科技送到群众家门口",第二天上了头版头条。

从那时起宜兴农民开始种草莓,转眼十七年过去了,草莓已成了当地农民的一大经济收入,吴士俊功不可没。但不知怎么回事,认识他的人都有点"怕"他,他像 7 月里的火,有时热得让人受不了,他见面就跟人说草莓,说新品种。起初引种来的草莓大多是露地栽培,保鲜期短,卖不了农民就急,吴士俊就跑酒厂联系,跑到市领导家里,提建议谈想法,结果厂里收下来生产了草莓酒、草莓果酱,农民乐了,他更乐,他拿着这些产品像宝贝一样送人,不断做宣传。

他这人看起来跟现在社会上流行的有点"脱节",别人忙着名利转,他围着田头转。我虽有好几年未见着他了,但知道他在忙什么,夏天的时候,他叫人送来十几袋刚采摘下来的玉米棒子,并给我开了一个单子,嘱我分送给报社他认识的几位总编和记者。说实在的，这玉米棒子也不值多少钱，但我知道，这是他的心血，他推广的香糯玉米在宜兴成功了，农民们都卖到了好价钱。这几年，他引进了一连串优良品种，台湾西瓜、日本南瓜、香糯玉米、新品芦荟等等相继在宜兴试种成功了，农民增收了不少。他跟农民说，黑小麦营养价值高，种植效益好，农民信他，种出来后，他将黑面粉送到店里做成馒头，送给别人吃，甚至送给分管农业的领导品尝，建议面粉厂收购加工黑小麦。他就是这么个人，让人有点哭笑不得，但农民很欢迎他，许多人亲切地叫他"吴草莓"。

人总是要有一点精神的，他的精神确实令人钦佩。当年认识他的时候，我是个扎了两条小辫子的姑娘，如今我儿子都跟我一般高了，他的儿子也在香港读博士了，可他还在推广草莓，品种一年比一年好，今年的草莓就比往年甜。

收到吴士俊的草莓时，我正在看一本书，有几句话很想念给他听一听："大雁南飞，行程匆匆，仅仅是为了梦想的地方。太阳落了，秋天来了，青果开始飘香，春夏秋冬的艰辛只是为了那片刻的欢笑吗？不，顺着我手指的方向，你看，那天边灿若星辰的，是我们的希望……"那吴士俊的希望是什么呢？我想肯定是希望农民能够富起来。

2001 年 4 月

大哥

　　宪生和义席都是我父亲的徒弟，我叫宪生阿哥，宪生没多话讲，有点古板，义席则不同，长着一双会笑的眼睛，他长我十一岁，像个大哥哥。那个时候，有一辆凤凰牌自行车是很稀罕的事，义席家在芳桥街上，他骑着乌黑发亮的自行车往返于周铁与芳桥之间，引来小镇上许多姑娘的目光，用现在的话来说，他长得很帅。

　　义席教我踩自行车，那一年我十四岁，人小腿够不着，只能站着两只脚叉在重型车的三角杠上，义席跟在后面揪住后车座，我骑着车子横冲直撞，没出几步就摔倒了，义席很有耐心，不断地扶正我。他教了我多长时间，现在我已经记不清楚了，反正他一有空就带我到中学的操场上去练，直到有一天我能稳稳地上下车，沿着操场的跑道兜圈子了，他才真的放手不管，站在老远的地方看着我，笑了。

我小时候长得有点瘦弱，除了我父亲之外，现在想起来最初给予我关爱的是这位大哥哥。那个时候他总带着我，许多细节现在想起来还是很鲜明很鲜明的。星期天休假他经常带我到芳桥去，晚上她妈妈给我讲故事，说的是王三姐薛仁贵之类的戏文，听着听着我就睡着了，迷迷糊糊中听到义席从外面回来的讲话声，他过来帮我掖掖被子，说我睡得甜熟像个小猪。这一刻，我醒了，但我懒得睁开眼，这样温暖爱怜的感觉包围着，我希望不要醒来。我还记得那个时候我晕车，坐汽车只要一闻到汽油味就发晕想呕吐，所以我不坐公共汽车，到芳桥来回都是坐义席的自行车。那个时候的冬天总是很冷，我坐在后车座上，他把自己的大衣盖在我身上，严严实实的。骑到一半路程，他怕我冷，又把我抱到前面的三角杠上，这样后面的风吹来他都挡住了，我就不冷了。

我从来没有认认真真地叫过义席阿哥，他却像哥哥一样呵护我，这使我的少年有别于其他孩子，总是在关爱中。

义席是那种无论在什么情况下都有号召力和主心骨的人，厂里的人都愿意跟他在一起，我父母也挺相信他的。有一个时期，父亲身体不好，住上海华山医院，一家人都有点惊恐，大人心情不好，敏感的我更觉孤单。因为是父亲的徒弟，因为跟我们一家很亲近，厂里派义席陪我父亲到上海看病，那个时候很大程度上义席成了我们心里的一大支撑，总觉得只要有他在就有办法。

就这么着，一天天过去我也一天天长大。长大了，心眼小了，时不时会来点小脾气，再后来不知怎么的就跟他疏远了。现在想来，我可不可以赖着不长大呢？

很多年后，我听说义席不在周铁厂里了，回芳桥办了一家印刷厂。好像是他哥哥身体不好，嫂子出工伤事故，一家子都要他照顾。后来又听说义席的厂办得不错，他儿子考上了上海交大。在我印象里义席是个扛得住事的人，他总有办法。

有次我路过芳桥，凭小时候的印象我找到了义席的家，他妈妈和嫂子在家，我不说我是谁，她们已经认不出我了。他哥哥跟嫂子结婚的时候，我是小客人还来喝过喜酒，新娘子叫小兔。可是现在，当年的新娘子已没了年轻时的模样，行动也迟缓了，岁月不饶人，一切都变了，我何尝又不是如此呢？

有好几次，我听《大哥，你好吗》这首歌时，脑子里忽然就跳出义席的样子，这是我印象中的大哥，而且我始终觉得，大哥不仅仅是年龄长你几岁，而且应该是一个扛得住事情的人，你可以跟他说说自己的想法，他不会笑话你，就像义席那样。而如今，在我走过了许许多多的风雨路，什么事都是自己扛着的时候，我忽然非常想念少年时的那段时光，想念一个不带任何功利和目的，纯粹就是喜欢我的大哥。有一天我忍不住打了个电话，是义席的妻子陈芳接的电话，她说，我们也时常念起你，记得你以前晕车是很厉害的……

就这么一句话，触动了我心底最柔软处，一下子我就想流泪。

时光雕刻的城市记忆

时光不歇，生活不止。一代又一代人的创造与付出，一代又一代人的生活痕迹，通过艺术雕塑定格下来，它展示着这个城市宽广深厚的人文阅历以及独有的个性和身份。

（一）

江南的春雨下起来那真叫缠绵，丝丝入扣，似乎没有个断头。某一刻，忽然它打住不下了，天朗开来了，久违的阳光闪亮登场，让你亲切得真想跟它握把手。你有了冲动，想骑着自行车出去兜兜转转。

常常是这样，在一个好天气里，碰上你有好心情，你会踩着橘黄色的自行车在这个城市转悠，看看街巷里贴近人心的日常生活，看看这个城市鲜活灵动的表情。

你最常去的是氿滨公园，那里有徐秀棠

大师的雕塑群，城市的文化记忆从此处展开，真切打动着人心底里最柔软的部分。那些生动有趣的雕塑以单个或多个人物场景呈现：制壶、做缸、选茶、焙茶，卖油翁、圆竹匠、扁竹匠，祖孙乐，斗蟋蟀、掏蜜蜂、打冰凌……当材质冰冷的雕塑被一股人情味烘托着，那它就有了生命。

岁月消逝了过往，城市留住了文化记忆，以雕塑的形式将陶都城乡日常生活的典型细节再现定格，这是一座城市的博大与宽广。你不止一次用目光和掌纹触摸这些雕塑的纹理，如此亲近。

喜欢这个雕塑园，如同一本书上写的那样：时间仿佛一架筛子，将记忆历久弥新的人事一一盘点，石子一般整齐排列。人生苦旅，谁的心头都保存着一些美丽石子，一枚朴素的石子，或许抵得上生活的全部内蕴。

你在这座雕塑园能捡到许多这样美丽朴素的石子。

（二）

那一组春天掏蜜蜂的雕塑与你最心意相通，你曾经多次驻足凝望，恍若回到从前。土墙、屋檐、茅草、人物，鲜活呈现：哥哥手里拿着瓶子，全神贯注地在一个洞口摸索，那顶学生鸭舌帽反着歪戴在头上，憨厚调皮的神态栩栩如生。扎着两条小辫的妹妹缩在一旁瞧着，只见她一只手挡住头，那样子生怕蜜蜂飞出来蜇人。你太熟悉这样的场景了，那个妹妹分明是你呀。记得那时的春天，乡村的油菜花开了，蜜蜂在金黄色的花丛中飞舞，你屁颠屁颠跟哥哥去掏蜜蜂。那时候，乡村的房子有不少土坯墙，在背风的一面会有很多蚕豆和黄豆般大的洞，春天蜜蜂会在洞口飞进飞出。哥哥掏蜜蜂时会用耳朵贴在洞口听，判断洞里有没有蜜蜂，确定有蜜蜂在里面，就用油菜花枝在洞口逗引，一旦蜜蜂飞出洞口，马上用棕色的药瓶把它套住。而你拿到了这个瓶子，小心翼翼，既怕盖紧了瓶盖，把蜜蜂闷死，又怕瓶盖间隙大了，蜜蜂飞出来。当年纯粹的童趣，只为侧耳听听蜜蜂在里面嗡嗡飞舞的声音。

而今你看着这组雕塑，眼睛有了片刻的潮湿，少年时的哥哥定格在这里，而你真实的哥哥已离世七年，永远安眠在家乡柔美的山水间。

无言的雕塑，无限的意蕴，给人思绪飘飞有了多种可能的方向，不同的人从自己的精神家园出发，找到某个共鸣点。如你，在这无言和无限中有机会完成了一次缅怀，逝去的童年少年，逝去的哥哥。

谁没有童年？谁不曾从少年走来？童年少年是记忆中最柔软的部分。春天掏蜜蜂，夏天掏鸟窝，秋天斗蟋蟀，冬天打冰凌。老墙脚下四个雕塑场景诠释了那时的春夏秋冬，久远的记忆就这样被一一唤醒，童趣细节蓦然放亮。那时的童年有泥土气息，那时的天空明净如洗，那时的冬天真冷啊，堆雪人、打冰凌，小手炉、汤婆子、铜脚炉，冬日的记忆鲜活如昨。在这组冬天打冰凌的雕塑前，你一看到屋檐下两手相拢缩着的人就会心地笑了，他多像你隔壁人家的三毛啊，总是在别人玩的时候旁观，且又不忘幸灾乐祸。那时冬天，大雪过后不久，屋檐下会挂着大大小小晶莹剔透的冰凌柱，大的垂下来竟有一两尺长。小伙伴们会拿着木棒出去击打冰凌，手冰凉通红。你冻得直拖鼻涕，用袖子擦拭，袖口上留下两道白色的涕印，邻居三毛见了就起哄叫你"邋遢婆"，你大声回击着"三毛三毛流浪记"，那个时候你们都有自己的臭名，很搞笑的绰号。

现在你傻傻地站在老墙前想着当年的情景不禁抿嘴一笑。

你突然觉得那些雕塑有生命的光泽，它照见了你的岁月，也照见了别人的光阴，失落的记忆在此找寻，故事由此展开。

（三）

"爸爸，他们抬的是猪吗？"一个女孩清脆的声音传来，你循声而去。

"不是猪，是驴，以前宜兴山区用它驮运重物。"父亲这样回答女儿。

你朝这对父女走去，停下伫立，饶有兴趣地看着。

壮实的驴，卖力的父子，雕塑《父子扛驴》透着生腾的气息。穿短褂的儿子侧身扭头，前倾弯腰的父亲老实巴交，憨态神情生动呈现。

"从前，有个父亲带着儿子去市场卖驴子，驴子走在前头，父子俩随行在后，村里的人看了觉得很可笑。真傻啊！骑着驴子去多好，却在这沙尘滚滚的路上漫步。对啊！说得对啊！父亲觉得很有道理，便让孩子骑在驴子上，自己则跟在旁边走。走着走着，对面过来两个父亲的朋友。喂！喂！让孩子骑驴，自己却徒步，现在就这么宠孩子将来还得了，应该叫他走路才对。父亲觉得此话也有理，就让孩子下来，自己骑上驴背……"

听那位父亲在雕塑前跟女儿绘声绘色讲父子扛驴的故事，听着听着你不觉也笑了。进城卖驴的父子，或二人牵驴走，或父骑驴，或子骑驴，或父子同骑，皆遭路人非议，无奈父子扛着驴走。

"扛驴父子真笨啊，只会听别人意见，自己好没主张。"女孩子恍然明白其中道理。

讲故事的男子看上去四十多岁，注意到有人在旁听，他朝你点点头，你报以微笑。如同微风吹过的草叶偶然相遇又各自飘去，你踩着小径走向别处。你不时看到大人小孩，或用手机拍照留影，或在雕塑旁讲其中蕴含的道理。这里有不少"有故事的雕塑"，熟能生巧的卖油翁、砍树分家的三兄弟、刘海戏金蟾……展开来便是生动的语文课本。

（四）

就这样走走停停，有时索性坐下品味。不远处有两个匠人的雕塑吸引了你，那是从前的竹器手艺人——圆竹匠和扁竹匠。

宜兴人习惯上把竹匠分为圆竹匠和扁竹匠。做竹椅、竹床、竹马这些竹器的匠人，用的材料是没剖开的整根圆竹子，所以叫圆竹匠。而编凉垫、竹匾、竹筛、竹篮一类的竹器，用的全是竹片或是竹篾，需要剖篾编织，材料都是扁的，这一类匠人就叫扁竹匠。无论圆竹匠还是扁竹匠，都是辛苦的手艺人，他们在百姓生活中曾经起着重要的作用。现在宜兴已很少见到竹匠，圆竹匠和扁竹匠的区分也无从知晓。虽是如此，而你想起有竹的生活依然亲切。竹乡宜兴，那时谁家没有竹椅、竹橱、竹床、竹席？谁人没有与竹相伴的日子？将竹竿骑在裆下的少年从远处走来，青梅竹马，明媚如初……

你在这个雕塑园不时有收获，如同捡拾到一枚枚值得收藏的石子，那些美丽朴素的石子属于你私人情感世界。而从私人情感空间出来，把目光投向宜兴人文空间，透过一组组雕塑，你能看到这个城市不同寻常的表情，陶都古老风情和寻常百姓的生活场景艺术再现，你惊叹这种地域文化的魅力。你看见了制壶艺人，看见了做缸师傅，看见了堆花能手；看见了踮起脚尖买麻糕的孩童，看见了搓澡擦背的汉子，看见了挖笋的山农；你还看见了选茶、焙茶、品茶的场景……

时光不歇，生活不止。一代又一代人的创造与付出，一代又一代人的生活痕迹，通过艺术雕塑定格下来，它展示着这个城市宽广深厚的人文阅历以及独有的个性和身份。

感谢徐秀棠大师，以质朴的人文情怀和精湛的技艺，为我们保留了如此鲜活的记忆，让我们在享受新生活的同时，能够有机会与流逝的生命衔接，唤回温暖的文化记忆。

感谢这个城市，在它光鲜的外表和富有活力的经济之外，还有这么一个人文空间供我们缅怀寻思。让我们从这里开始，沿着一座城市的片片记忆，返回岁月沉积的深处，获取精神滋养。

2014 年 3 月 18 日

阳羡人家阳羡茶

　　城市是物质的堆积物，是声色光的聚集点，我们步履匆匆，穿梭于喧哗的世界，可否，为一种内在的、质朴雅洁的清香停下来，在"阳羡人家"这样一个富有韵味的地方静坐，感悟另一种境界？我们尽可以放慢心情节奏，细品宜兴深厚的文化，细品"阳羡人家"主人王爱民对茶道的认识。

　　说起喝茶，王爱民已经记不得第一次端起茶杯的年龄了，爱喝茶的父亲每天拿一把紫砂壶泡一壶"宜兴红茶"，如此家中天天可以饮茶，自然，他与茶结下了不解之缘。但那个时候，他只会大口饮茶，不懂得品茶。能够真正懂得品茶，从某种意义上讲，人生的种种况味也尽知了。他长在丁山一个普通的人家，家境贫寒，二十岁时父母为其大哥操办婚事到处借钱，他觉得心酸。他说，我今后一定要用自己的实力来办婚礼，体面、漂亮，不然就不结婚。这想法现在想来太过肤浅与直白了，却是最朴素的原动力。说不上他的目标有多大，但至少他要让自己满意，让自己一生精彩。他说到做到了。他做茶壶生意，赚了不少钱，之后收藏明清家具，其价值难以估算，在华东地区堪称一流。走南闯北的经历丰富了他的人生，一个急功近利的商人变得平静而有内涵，这是他人生的转变。不是么？他的目光超越了简单意义上的"成功"，"赚钱"这一概念已不是他的终极目标。他爱宜兴，为宜兴古老的陶文化、茶文化骄傲。"陶的古都，茶的绿洲"，这是宜兴的名片。可否将这两者结合起来，加上自己的理解，办一个富有特色的茶楼呢？他投资一千万元来搞这个茶楼。

放眼历史，我们曾经那样地激情咏唱，千年陶艺薪火不熄孕育了灿烂的古土文明；我们曾经那样地豪情万丈，"天子未尝阳羡茶，百草不敢先开花"。而今，生活在这块土地上的人们更多地乐意为传承宜兴文明做大量有益的工作，王爱民的触点放了"壶与茶"的完美结合上。他倡导成立宜兴茶文化研究会，将"阳羡人家"作为一个载体，城市个性的骄傲在这里得到体现。他非常平和地来做这件事，这是他做事的风格，他不急躁，一点都不，就像他品茶一般。茶道中的"和、清、敬、寂"非急功近利之辈所能感悟，也总是在经历了尘世的喧嚣后，才意识到追求利欲、游戏人生的疲倦，渴望平和的境界。也总是在极尽声色的炫耀后，才明白自己真正渴望什么，是什么可以赋予我们的生活价值、意义、热情和想象力。品味茶香，品味人生，自觉收起都市的棱角，从容中更见高远。他所理解的人生，以及生命中的快乐，不是单一在于"钱"的巨量累积，而是在于发现新的美好的事物，做自己最喜欢做的事，使自己充实而满足。他一直为自己喝彩，完全有能力将自己的想法付诸现实，而且做得很精美，做得个性飞扬。这当然是要有走南闯北的丰富阅历和对本土文化有一定鉴赏水准作底气的。他定位的"阳羡人家"古韵悠悠，茶楼的每一件摆设都突出宜兴的特色，清楚表达了主人的个性，古朴的、现代的、单一的，细微处见精神。净手的盆、木制的柜，在这里的意义不是一件器物，而是生活中一份好的心情。茶室回廊处一件件壶艺精品，以及泼墨之作、三两字的禅语，让人驻足回味。

　　阳羡人家，一个家居式的名字，却让人迷恋沉醉，它蕴含的不正是宜兴陶文化、茶文化的无穷魅力么？这是我们的骄傲，我们的城市因此有了"精气神"。

　　王爱民从茶道中感悟人生，他赋予了"阳羡人家"灵魂，他钟情于这项有价值的事业，他的人生也更为丰富。

　　阳羡人家阳羡茶，我们抖落一路风尘，安详地坐下，闻得到一缕清香么？

2004 年 1 月

有个叫大芦寺的地方

宜兴西南方向十公里处，有个叫大芦寺的地方。秋天，那里的柿子树灿烂火红，远远望过去，像挂满了无数的灯笼。吊瓜也到了收获的季节，秋阳下那些花纹好看的小吊瓜如调皮的小鬼精灵躲在棚架下晃来晃去。金色的向日葵、紫色的扁豆花，色彩明丽，不知名的野花更像乡下的丫头，一无矜持，开得疯疯傻傻、痴痴颠颠。

汽车穿过醉人的秋色秋景，进入一个山岕，满目翠竹，空气格外清新。这里北面是一座叫罗汉顶的山，东面为横山，西面是独山。我们来到的地方属林场大芦寺工区，因山坡上有一座始建于唐代的大芦禅寺，这个区域就被称作大芦寺。屡兴屡废的禅寺至今仍在小山坡上，千年古刹历经战乱和"文革"

毁损已不再是晨钟暮鼓、梵语声声，空留下一座孤寺和一位从小在此出家的老和尚。朋友的家就坐落在大芦寺的山坡脚下，三开间向阳的房子，掩隐在绿树翠竹中。朋友用山泉水、野菊花给我们沏茶，这些细小的花朵是他在山野里采摘下来的，精心挑选后放入微波炉里细心烘制，然后让它自然阴干。上茶时他一再说，采摘后拿回家千万不能晒干，太阳一晒，挥发后就没味了。我们接过他的茶杯，如同捧一颗诚挚的心，他收藏野菊花的同时也收藏下大自然的气息，我们闻得出这来自山野的一缕清香。秋阳下，他家的小黄狗和大花猫在一旁憨厚地看着我们品茶交谈。此时，山村农家静美如画。

　　在这诗意的地方拥有三间房屋、二十亩苗圃、五十亩竹林，开一方鱼塘，种几垄蔬菜，闲时兴来在山溪间捉小石蟹，斜阳鸟语声里写美文，此种生活令人向往。朋友在乡下中学教书，有着固定的收入，山里的一切都可作为副业爱好来搞，不存在苦心经营，这样就多了一份从容和洒脱，在山的怀抱里恬淡生活，不亦乐乎？

　　品过菊花茶，我们漫步竹林田园。清亮的溪水从山石缝间冒出来，静听如钢琴划过的声音，又如班得瑞日光海岸《童年》乐章中跳动的音符。朋友说，这个时候不是捉石蟹的最好季节，如果早些时候来，别说是草叶下、泥块空隙间能捉到，就是在山路小径上都能找到小石蟹和泥中的田螺，运气好的话可以捉到一大盆。田螺一般早上从淤泥里露出身来吃露水，这样目标就暴露无遗了，宜兴乡间有歇后语："三粒手指头捏田螺——轻而易举。"石蟹则一动不动地潜在浅水中，一见人影，倏地向旁边窜去，身后留下一股浊流，旋即龟缩在草叶下、泥块空隙间。这类清水中长大的生灵，是山间无上的美味，农家有多种吃法，清蒸田螺，肉嫩汤鲜，田螺塞肉，味美浓香。按当地山里人的说法是："清明螺，抵只鹅。"那时的田螺鲜美无比，营养更好。捉来的小石蟹往面粉糊里一拖，放入油锅中，捞出时蟹背呈现一种诱人的金黄色，香脆无比。还有红烧石蟹，这也是当地山民家中的一道特色菜，是佐酒的美味。

现在天已转凉，显然很难见到田螺，朋友两眼紧盯水面，还是发现了伏在泥块间的小石蟹，捉上来一只，又见着一只。沿着山径，我们就这样寻寻觅觅，不断有发现，不断有惊喜。山野遍布各种植

物，绿茸头、鱼腥草、金银花、野芹菜……朋友一一细说教我们辨
认。鲜嫩的野芹菜长在湿地草丛中，阔叶的绿茸头随处可见。我们
想起了小时候家里做的绿团子，那种绿就是用的绿茸头。那时候大
人忙着蒸团子，我们小孩子手持芭蕉扇，团子出笼时满屋子热气腾
腾，我们赶紧用力扇，直扇得绿茸头团子个个发亮，清香无比。这
样温暖的记忆至今清晰，来自山野的草叶清香而今是我最想闻的味
道。闻一闻绿茸叶的清香，采摘一大把野芹、一大串红辣椒，亲近
阳光流水，亲近草木花果，我们觉得心里满满的。希望和大自然在
一起的野性其实一直存在于我们的内心，愉悦如同孩子在大地上自
由自在地奔跑。

夕阳西下，远山的颜色逐步变淡，轮廓渐渐地模糊，我们忍不
住满心的喜悦，大声喊山："哎，你好 ——"声音回荡，我们听到
了山的回音："你好 —— 你好 ——"

2006 年 10 月 7 日

谭家冲不老仙

在宜兴乡村，几百年上千年的古树大多为银杏树，冬青树比较少见。

西渚镇谭家冲有一棵六百多岁的冬青树，至今容颜鲜活，郁郁葱葱，不少人见状惊呼：树神乎？树仙乎？见到这棵冬青树，我脑子里即刻跳出四个字：浓绿鲜活。那天我抬头仰望，忽见有小松鼠在树上栖息，听到声响，它嗖地一下腾空跃上高枝，一闪而过就不见身影。好神奇的一棵树，简直就是不老仙！活了六百多年依然这般鲜活年轻，实在叫人忍不住想要亲近她触摸她，接点灵气和仙气。

在宜兴的地图上，谭家冲位于西渚镇最南面，冲的意思是山谷中的平地。这里山峦连绵，树木翠竹峭拔秀丽，极目望去，婉如一幅水墨山水长卷。石盘山、菱子山、牛尾巴山、锅底山、鸡笼山、长山、野猫山、狗头山，这些山名听起来土里土气，却自然成趣。据村里的老人讲，这里的山有的是根据形状得名，有的根据动物本性相克而得名。现在的长山，从前叫蜈蚣山，因为鸡喜欢吃蜈蚣，与此相邻的就叫鸡笼山，因为鸡害怕猫，又有了猫耳山，猫不如狗，又有了狗头山，狗又斗不过牛，所以再长的一座山取名为牛尾巴山。

自然界充满相生相克，有趣的山名包含了原始朴素的道理，这是谭家冲先民的生活智慧。

谭家冲是一个自然村落，住着六十六户人家。走进村里，感觉像走在一幅画里，春天的气息扑面而来，柳树、迎春抽出各种色调，海棠花、玉兰花开在阳光和风里。在村口路上，一位婆婆扛着锄头走来，只见她头发花白，腰板却直挺，一看就是个勤快人。上前攀谈一问果真如此，婆婆姓刘，七十八岁，今儿天气好，她到村外的自留地种几垄蔬菜，这不，刚种完菜才从地里上来。谭家冲的古树有仙气，想必老人也有仙气，我寻思着想拜访一下村里最年长的老人。当我跟刘婆婆说了这个想法后，她非常爽快，答应带我去找村里的"不老仙"。我跟着她走，村里静静的，开店的妇女坐门口闲聊，狗也显得闲适，瞧着陌生人，居然一声不吭晒着太阳，既不跟人也不乱叫，一副好脾气的样子。以前我到乡村去就怕狗，乡下的狗看家护院都是火眼金睛，一有生人就拼命地叫，还会扑上来。刘婆婆笑言，狗温顺主要是上了年纪，少了血性和火气，懒得冲人叫唤了。

距离冬青古树不远处，一位身穿藏青色上衣，面色红润的老人正坐在家门口码放柴火。刘婆婆告诉我，他姓舒，今年九十三岁，老伴九十二岁，一对老寿星。细瞧舒老爷爷，剃了个光头，大脑门光光亮亮。衣服外面套了条蓝布围裙，两个裤脚管用布条扎住，这是山里人干活通常的做法，套个围裙扎紧裤脚管，这样走路干活都利索。他和老伴现今仍使用农家灶头，平常会到山脚下去捡柴火回来煮饭做菜。老人虽然九十三岁，但思维清晰，他接过我的笔在纸上一笔一画写了自己的名字，舒敦武。

几乎每一棵古树都会有一段不同寻常的来历，谭家冲的冬青树据说是明朝洪武元年（1368），宰相刘伯温巡视江南，亲眼目睹

"七十二涧下西洋，十年到有九年荒"之民间苦难，认为是蛟龙作怪，便亲手植下此树，意在镇住蛟龙，以保民安。相传清朝乾隆年间，有人砍伐冬青树作柴火，久燃不着，而砍伐者却双目失明，进香后复明。这样的传说太落俗套了，而且遥远的过去现在也无从考评这种说法的真实性。现在村里有史料记载的是，冬青树原属谭氏家族所有，太平天国年间转于王氏家族。民国元年，因王氏家族饥寒交迫，以十担柴火钱卖给舒氏家族。

太平天国前，村里的人以谭姓居多，故得名为"谭家冲"。光绪三十一年，河南光山县有大量难民外迁，其中舒氏一家五口迁移至谭家冲生根开花。舒老爷爷细细算来，舒氏家族在谭家冲至今已有七代人。他爷爷的爷爷当年从河南迁移过来落户至此，看到这棵树这样大这样绿，现在他都九十三岁了这棵树还是这样大这样绿，"一点不见老。"舒老爷爷自言自语道。

其实人哪活得过树呢？一个村如果有一棵长了几百年甚至上千年的树，那这个村就跟其他村不一样，气息和气韵不同，我觉得谭家冲就是这样的村。

又见鱼鹰

冬日的艳阳照在水面上，波光粼粼，这时，一队鱼鹰船来了，河面上顿时活腾起来。看呐，船头船尾的鱼鹰好似勇猛的斗士，飞掠水面，一个"没身"不见了，你瞅着正寻找着，冷不防，"鬼精"的鱼鹰又从水底下钻了出来，"咕咕咕"叫着，尖尖的嘴里吐出了一条很长的白鱼，活蹦乱跳着呢。岸上的人真是看花了眼。那个在岸上看鱼鹰的人是我，这天上午，我在家门口看着十三条小渔船进了团汔，有一百多只鱼鹰扑腾着翅膀跃入水中，精彩极了。太阳暖暖地照在我身上，而我，连心也跟着暖和起来。

又见鱼鹰，让我欣喜。

鱼鹰为水鸟，是捕鱼的好手，我家乡的人总把鱼鹰叫做"乌老鸦"。我们这个地方

　　临水而居，直通太湖的横塘河像绿带一样缠绕着小镇。那时候的河水很清，秋冬季，常有老鸦船在横塘河里捉鱼。只要听到老鸦船来了，我们都会从家里跑出来，看乌老鸦"钻没身"叼鱼。渔夫挥动着长长的竹竿，脚踩动着船板，在"嘭嘭嘭"的敲击声中，乌老鸦在水中出没，十分勇武，一河水都被激活了。乌老鸦生性凶猛，全身乌黑，那时候做作文，写到万恶的旧社会，我们这些生在新社会长在红旗下的少年没什么概念，倒是老师说的一句比喻很容易就接受了，"天下乌鸦一般黑，雄鸡一唱天下白。"想这旧社会的天下就是如乌老鸦这样黑吧。

　　看乌老鸦捉鱼令我们这些岸上的孩子着迷，可是一旦老鸦船靠岸了我们就像鸟一样逃散。从小，我们就听大人有模有样地说，你是乌老鸦船上抱来的，不听话就送你到船上去，这使我们害怕起来，渔船上的小孩大冬天都是光屁股的，我们才不想过这种日子呢。当夕阳西下，小船靠岸，老鸦静静地停息在船舷边的竹竿上，大人们去河埠头买鱼的时候，我们就跑回家了，而这一天的傍晚，我们这个巷子里几乎家家都飘出鱼香味。在我的记忆里,只要有老鸦船来,河埠头总是站满了人,乌老鸦捕鱼那种鱼跃人欢的场面成了家乡的一道风景。

知道乌老鸦学名为鸬鹚、又叫鱼鹰的时候,我已长大,但这个时候家乡的横塘河里已看不到乌老鸦了,河里的水也不再清澈,一夜东南风下来,化工厂的废水顺流而下,横塘河里的鱼虾没人要吃,鱼鹰捕鱼也成了历史。

又是一个冬季,团氿水面上来了十多条老鸦船,我看到了多年不见的鱼鹰,水乡风情尽展眼前。晚上我打开电视机,宜兴新闻也播了鱼鹰捕鱼这条消息,归结为这几年环保治理水环境好转。我寻思,我老家的横塘河水质是否好起来了?会不会也有老鸦船过往?

水清鱼跃人欢,这个冬天的团氿更"活",宽阔的水面上有鱼鹰掠过。太阳西沉时,这些老鸦船就停泊在氿边收梢处的一条百米长的小河浜里,渔民们忙碌着卖舱里的鱼,岸上人来人往,还有人爬到船头上买鱼,而鱼鹰都停息在竹竿上。

又见鱼鹰,我觉得我们的环境越来越明净起来了。

捕虾人家

　　太阳西沉了，他们的小渔船也靠岸了，这一天的收获不小，捕了二十来斤虾子，外加一只野甲鱼。这样的收获对老张来说是难得有，他老婆眼睛本来就不大，现在都笑成一条缝了。

　　从我站着的位置看团汛，形状好像一只大肚子酒瓶，远处是宽阔的水面，恰如饱满圆润的瓶身，到了近处形成了长长的瓶颈，水流经我的家门，已收拢成一条很平常的河流。年年岁岁，日日相见，我熟悉这条河流的表情，熟悉这里的大小渔船和船上人的笑脸。

　　在团汛一带捕虾的有二十一户人家，我跟老张家最熟，我常站在岸边看他们劳作，招呼他们送些籽虾上来。这夫妻俩四十来岁，都是矮墩墩的块头，黑漆漆的皮肤。他们称呼我为老板娘，我家既无"老板"也无"老板的娘"，他们瞎称呼，我也就瞎答应，反正大家熟悉了也就无所谓。这些小渔船的主人原先都是水产村的渔民，团汛边开发建设了一幢幢商品房，水产村消失了，村上的人有的出来扫地当环卫工人，有的卖菜，而老张、老沈、老杨这些人家还是以捕捞为生。

团汛每年 5 月开捕，到 11 月封湖禁渔，这些小渔船基本上不捕鱼只捕虾，各家都有上百条虾笼，老张家最多，大约有二百三十条。五六月份，是虾子的丰产期，这个时候的虾一肚皮籽，肥美得很。我沾了临水而居的光，想吃河虾只要跟船上的人说一声，到太阳落山的时候，他们就会送上来。我们之间的交易很是诚信，我不必付现钱，累积起来算账，他们给我的虾都是籽虾。有时候他们还会送一些蛳螺给我，很鲜美。就这样，在这城市的边缘，我在岸边看着太阳升起，晚霞在天边燃烧，看这些渔民放下一条条虾笼，收起一串串希望，生活中有着许多的不如意，但总得过下去，而且要往好里过。就像老张家、老沈家，从早到晚在水面上劳作，旺季时他们的双手在水里被浸泡得发白蜕皮，但他们苦中有乐，一天可以捕捉到二三十斤虾，用老张的话来说是"一年中如果天天这样我们就发了"。

　　事实上，这样的日子不会天天都有，旺季只有一两个月，大多时候收获并不理想。而且，蔚蓝的天空下说不定什么时候还会飘来一片阴云。永远不会忘记立秋前的那一天上午，忽然昏天黑地下了一场大雷雨，老沈家的小渔船躲避不及在团汊里被一条大船撞击，一家三人全都落水而亡，大船却疾驶而去逃之夭夭，这就在眼皮底下发生的事让人无法相信。有好几天，老张家也不捕虾了，忙着去帮忙打捞沉船，料理后事，他们与老沈家沾亲带故，这个时候自然要去帮一把。那几天，沿河一带的气氛是阴沉的，人生真是无常。

　　过了大约十多天，沈家的儿子来到报社，见了我，他摸出一张皱巴巴的纸来，上面写满了一些人的名字和捐款数目，他说要登报谢谢这些给予他家帮助的人。我的眼睛湿润了，这是个朴实的人，肇事的船只一直没有找到，三条生命就这样终结了，怨天怨地都没用了，生活还得继续下去，危难之中仍心存感恩这是难能可贵的。人活着必须坚强地承受许多痛苦，除非你跟着去死。但他连死都没资格，家中还有老母，肩上有着责任。

　　之后，我依旧每天看着这些捕虾人家在船上劳作，看着渐行渐远的小船在广阔的水面上飘去，我懂得了生命的珍贵，生活的不易。

夕阳里的问候

　　太阳落山的时候，团汜最美。我常常到团汜边去看夕阳，一路散步走过去，我问候别人，别人也问候我。

　　一出门就看见傅家的小狗，我蹲下来叫它的名字，它兴奋地想从笼子里出来，可出不来，汪汪汪地叫了几声回应我的问候。这是一条白色的狮毛狗，样子很漂亮。这条小狗是傅家的女婿从江西老家抱来的，刚来的时候，傅家的人叫唤它，我总回头，我以为是叫我的呢，还跟我排名呢，小狗名叫"开心"。这个小东西跟在人脚边跑来跑去乐颠颠地很招人喜爱，大家都"开心开心"地叫它逗它。大约四十天的时候，小狗开心再也开心不起来了，新村别墅里的张家养了一条大黄狗，是那种农家草狗，有一天大黄狗从家里出来见了小狗就惹，小狗弱小，哪是大黄狗的对手呢，没几下就被咬伤了。傅家的女儿见自家的小狗受伤了，心痛得要命，眼泪都出来了，大骂张家的大黄狗是个狗杂种！起初大家都以为小狗开心是受了外伤，过几天就会好的，谁知接下来几天它竟不会动了。傅家就送"狗医生"那边去看，医生说它再也站不起来了，中枢神经给咬断了。一条活生生的狗命运就这样了，自此它就只能蹲在家门口，眼巴巴地看着过往行人。傅家的人怕它再遭其他狗欺负，便弄来一个铁丝笼子，将它关在里面养。

小狗开心成了一条瘫趴狗，它还没搞清楚是怎么回事就让同类给伤害了。这世上没来由、不公平的事多得很，真是没办法。它再也不会像其他狗一样跟主人去团汆边溜达散步了。

我怜惜它，总要向它问好，希望它依然开心。

我低头想着这条狗的命运，抬头却看见那晚霞正在天边燃烧，红云层层堆积。呵！沐浴在霞光中的团汆真是美。这时，你会看到一条小渔船从老远的地方过来，仔细看，船头上坐着一对母子，在后面划桨的是个粗壮的男人，他们是一家子，在团汆里捉鱼捕虾。

总是在夕阳西下的时候，他们的小渔船靠岸，到团汆边来散步的人见他们的船来了就围过去顺便买些鱼虾回去。夫妇俩忙着称鱼收钱，这时他们的儿子就爬上岸来玩，夫妻俩一边卖鱼一边用眼睛扫视着儿子，还不时大声地招呼着"不要走远啊"。

这是个小胖子，长得就跟电影《小兵张嘎》里的胖小子一样结实。他总是冲人傻傻地笑，也不会说一句完整的话。问他几岁了，他摇摇头。问他家在哪里，他就拉着你指给你看，顺着他手指的方向看过去，前面大老远的水面上还有一条船，我明白了，那是一条住家船，他们晚上就住在这条船上。因为我散步不时会碰到他们的船停靠在岸边，对这孩子我带着善意，他们父母也就愿意跟我说话。他们告诉我，头胎生个了女孩，决意要生个男孩，却不料生出来是个弱智。这孩子今年十四岁了，还拎不清事情，话都说不完整。夫妻俩都不识几个字，也不懂智力开发。他们抱怨，早知这样就不生了。

胖小子真的不懂什么事，只知道傻乐，看见一只蜻蜓在飞，他就追过去，在散步的人当中穿来穿去，差点把人家老太太给撞倒，结果招来大人的几声臭骂。我就招呼他过来，他有时候还很亲热地把手搭在我肩上跟我一起走路。这时候我发觉这个孩子并不完全傻呆，他感觉到了我的善意，所以对我有这样亲近的动作，我想人性总是相通的。他母亲笑着教他叫我阿姨，他含糊不清地叫着。

这不过是随意得像风一样就过去的事，但是，这傻小子从此认得了我，他坐在船头上，只要看到我，老远就叫我了，阿姨——

我乐了，这胖小子算是在问候我呢。

2005 年 12 月 17 日

团汊边最后的部落

当太阳从东边升起，一群鸭子在水面上
嘹亮地叫着"嘎嘎嘎"的时候，我正站在堤
岸上眺望，远处的渔船渐行渐近，我能分辨
得出这是张家的船还是杨家沈家的船。

大老张已经七十八岁了，气力远不如从
前了，从前出团汊，进西汊，他的船穿行于
广阔的水面，拉丝网放虾笼，活络得很。现
在年纪大了，他和老伴不再到远处去，通常
是划一条小舢板，用小丝网捕些鲫鱼、鳌鲦、
鳑鲏，每天将捉到的小鱼拿到集市上去卖，
一天几十元的收入够两人生活了。

大老张用的是小网，捕上来的都是小鱼，
而他的两个儿子则不同，各家有二百多条虾
笼，还有多条大丝网，夏秋捕河虾，初冬捕
白鱼，他们通常是这样作业的。

团汜每年 5 月开捕到 11 月份，这一季有七个月时间，这是一年中最为忙碌的时段，也是最来钱的时候。经过冬春长长的休整，大老张的两个儿子蓄积了足够的精力，5 月的风吹来湿润的水腥味，吹得他们精神抖擞，激灵着呢。你瞧，他们船上都新添了许多虾笼，那几百条虾笼早已整理好。大儿子还花几百元钱买下了人家的一条旧水泥船，专门用来堆放冲洗虾笼。两个儿媳妇也前后跟着忙乎着作开捕前的准备。大老张点着烟坐在他的小船上静静地看着，他平常不捉鱼的时候就坐在船上抽烟，有时也帮着老伴翻晒晾在船板上的鱼干。他很少说话，大多数时候沉默不语，几十年水上风雨养成了他安然笃定的生活习性，那种静默就像反射在平静湖面之上一棵老树的倒影。

大老张在岸上有自己的房子，但他习惯住在船上，他自小捉鱼，这辈子船就是家，家就在船上。他现在仍有两条船，一条小舢板用来捉鱼，还有一条有篷盖的船可以住宿。晚上他住在船上，顺带帮儿子看护，防备过路船偷走他们养在网兜里的虾子。夏日的夜晚，我常常看到他仰躺在帆布船篷上，摇着扇子哼小曲。在这座城市的河畔，这位老渔夫过着最简单自在的生活。

放虾笼是团汜一带水上劳作的主要方式。虾笼也叫做"百脚笼"，一条虾笼通常有三十米长，渔网中间用竹片隔成二三十节，每一节前后都剪开一个网口子，夜间虾子出没游动，撞入网口就出不来，直往两头钻，等到收网时倒出来的全是活虾。沿团汜放虾笼的有几十条船，这些船只大都是以前水产村人家的。水产村原是一个大村，随着城市的触角延伸，这个部落日渐缩小，像大老张这样以捉鱼虾为生的现在只剩下二十一户人家。一到开捕时节，团汜水面上就有许多浮标，那是他们放置虾笼的标记。那看似风平浪静的水面，静寂中潜孕着喧嚣的骚动。广阔的水面没有界线，但各家有各家的区域和不同的浮标，彼此心知肚明，收网时一点都不会搞错。他们一般下午放网，夜半起来收，每次我从睡梦中醒来，总听到不远处传来桨声，十分清晰，我知道这是大老张的儿子和儿媳在收虾网，他们放网的区域就在附近。总要忙乎到天亮，在清晨的曙光中，他们才一头雾水上岸，将活蹦乱跳的虾子送到市场上去卖。

团汜里的野虾鲜活饱满，特别是端阳节前后捕上来的籽虾，一肚皮籽，肥美得很，价格自然比鱼塘里放养的虾要贵。很多时候，他们不要拿上岸交易，有贩子到船上来批货，也有直接卖给沿团汜居住的人家。岸上的人大多是老相识，因为彼此熟悉，双方交易十分诚信，你可以不付现钱，累积起来算账。船上备有钩秤，买卖双方一个在船上，一个在岸上，称虾时岸上的人也用不着看秤星，完全放心对方。秤杆翘起来了，卖主顺手再多抓几只虾，说是添添秤头，然后把装虾的袋子扣在篙子顶头挑上岸，这样的交易方式现实生活中越来越少见。

卖完了虾子，他们再次上船，上百条虾笼还要冲洗，用水枪冲，"哒哒哒"一路扫。整整一个夏天，他们都在忙碌中，苦吃得多，钱也来得快，人晒得漆黑。因为劳动，他们看起来健康壮实。

转眼就是秋天，秋风起，能捕到的虾越来越少。12月初开始放丝网捕白鱼了，冬季团汇开禁捕白鱼只有十天时间，天刚亮他们就上船，赶在这个时候撒网，收获的白鱼又多又好。在大老张记忆中，过去一网下去，拉上来几十斤甚至上百斤是常有的事。现在水质不好，鱼越来越少了，在水上劳作也都是上了年纪的人，村上的年轻人都不高兴上船了，三三两两结伴到乡下去钓黄鳝，自行车装上了电瓶，跑起来飞快。

大老张说，要不了几年放虾笼拉丝网就见不到了。

二十一户人家的水上捕捞，将是团汇最后的风景，我见证这一部落日渐消失的过程，也记录下他们目前的生活常态。

2006 年 12 月

我的石榴树

　　我在庭院里栽了两棵石榴树，今年花开满枝。及至秋，石榴熟，一个个红似小灯笼，数一数，足足有四十来个，我满心喜欢，采摘下来一一送给朋友们，自家只留少许几只。

　　石榴从开花至结果，历时夏秋两季，其间风雨摧折、病虫侵蚀，花开花落，历经劫难，这饱满的果实着实来之不易，我享受了成长成熟的整个过程，真正收获了却舍不得吃，只是把它握在温暖的掌心，挑最大的送给朋友们品尝，希望能分享我的快乐，并明了我的心意，石榴虽不值钱却是我自己栽种的。

　　石榴花开在我的庭院里，根，植在我的心中。十来岁时，留着两条小辫子的我曾经爬到人家的花台上采摘石榴花插在头上，点缀着美丽的梦。那时候我们这些女孩子用凤仙花染指甲，采石榴花戴头上，清贫的日子里不忘寻找美。家中院落里栽石榴树的是一个叫乃鑫的盲人，我至今仍感到奇怪，火红的石榴花为什么会开在一个什么也看不见的人家里，花开花落，青果转红，他知晓吗？ 他在黑暗中能感受生命感知色彩吗？

　　三年前，我在自家的院子里也栽下了石榴树，栽下了希望，我以为果树种下去了一定会开花，开了花就能结果，结了果就能收获，其实并不尽然。

　　头一两年，石榴树无精打采只开了稀稀拉拉的花，结了几个青皮果，有点伶仃。至今年，下了一拨肥料，花开得特别盛，叶绿花红，满院生机。我们满心喜欢，想这石榴树开出了"劲"道，谁知刮了一夜大风，草地上落下许多花瓣，我一一捡起，置于掌心，这些花纯净得让人怜爱，灿烂一时，未能结果，此为各自的命运罢了。留于枝头的花朵依然绽放着，我陶醉于花开的精神里。那石榴花的红非同一般，红得灿烂，红得雅致，红得醉人，难怪古人将"石榴裙"代指为姣美的女子，其不为过也。

　　夏日浓烈，石榴树一派旺相，枝头上结满了果，我立于庭院已反复数了好几遍，心中暗笑自己，平常包包里的钱都不去数，现在树上结的果子数来又数去，越数越高兴。可是没过几天，来了一场大雷雨，又打落了不少果实。雨过天晴，我赶紧用竹片安插在树的周围，用丝带系住小枝条，帮助它减轻负担。在我的祈盼中，青果转红了，想想这不会有问题了吧。不经意中，树上又长了不少"刺毛虫"，起初量少，一个星期后，虫子爬满了树，吃起叶子来如蚕吃桑叶，吃了叶子又开始吃果实，人一碰上，就蛰你一口，皮肤上马上起红疙瘩，我赶紧找药水治虫，喷洒一遍后，地上落下了一层毛毛虫。

到秋来，红红的石榴压弯了枝头，采摘时心有所动，树种下去了不一定都能开花，开了花也不一定结果，结了果也不一定能收获，一切都有变数，能够结成正果实属不易。我们唯有珍惜，珍惜花开的日子，珍惜青果转红的美丽。

2002 年 9 月

流浪的猫

那只猫我没有见着，不知道流浪到哪儿去了。

我们家的院子里已经养了一条狗五只鸡，这些都是儿子的朋友。

那天，儿子从新庄乡下回来，打电话到我办公室，说是带回了一只猫。知道我会断然反对的，儿子在电话里说："妈妈，你听我说完，好不好？这只猫呢，它妈妈生了六个孩子，死了三个，猫妈妈自己也死了，留下的三只猫住在一个草棚里到处流浪，我叫人捉了一只回来。这只猫你肯定喜欢的，颜色像老虎皮一样。"

"我最讨厌猫了，再说现在院子里已经有鸡有狗了，哪有工夫喂养猫？"我跟儿子说。

"那怎么办呢？"儿子试探着。

　　过了好一会儿，他说："那我就把它装在纸盒里，放垃圾箱旁边，让它自个儿去流浪吧。"

　　"好吧，也只能这样了。"我放下了电话。

　　到了晚上，面对着黑黑的窗外，儿子问了我一句："你说这只猫会流浪到哪儿去呢？"

　　我默然了。

　　儿子十三岁，对一只猫有着悲悯心，而我却将自己的喜恶强加于他，让他才收留的猫去流浪，这多少有点不合情理。但是，对猫反感的偏执让我作出了这样的决定。

　　从本质上说，我并不是生来就讨厌猫的。我小的时候，家里也养猫，而且养了好多年。我哥哥有一口网，放了学总去河边板鱼，小鱼小虾自然成了猫的美食。这只猫给家里增添了许多生气，童年时我们曾偷偷地看它生小猫，那种好奇欣喜的样子让大人觉得很好笑。我们亲近猫，猫也亲近我们，跟出跟进，热闹得很。可是，有一年春天，家里养了一群小鸡，猜这只温驯的老猫怎么了？它竟吃起鸡来。那天放学回家，我看见桥对面的腊宝用绳子牵着猫从我家出来，猫不肯走，凄叫着，我母亲在旁边数落着："你该死，这五只鸡都让你咬得血淋淋了。"

　　这到底是怎么了？我一下子无法与温驯的猫对上号来，它的叫声直钻我的心。

　　第二天，我听说那只猫连夜就给腊宝杀杀吃掉了，他还说猫肉很香。

　　我一直不明白，这只猫怎么会咬起鸡来的。

　　猫从此在我的记忆里变得异常丑恶起来。及至成年以后，看了一部美国恐怖影片，里面讲了一对"猫精"的故事，这不仅加深了我对猫的厌恶，而且害怕起来，不敢与猫亲近。

　　孩子眼里的世界是纯美的，他看不到丑恶的一面，而当他看到并能看懂时他也已经长大了，这就是大人与小孩的区别。我们有时候所说的成熟是不是意味着对一些东西的漠然呢？是不是意味着纯真与热诚一点点被风化、剥蚀呢？

　　有一颗悲悯的心，对一切有生命的东西给予关爱，未经世事的孩子可以做到，相反，大人却难了，这其中当然有着多种因素。

　　我们正是从昨天走到今天并向明天走去，这一路走过去，我们获得许多，也丢失许多，还会保持宽广的心怀，乃至一颗童心吗？

　　流浪的猫现在又会在何处呢？

2001 年 10 月 20 日

酒话

　　我并没有喝酒，却说起了酒话，确切点说，是关于喝酒的话题，我有时候想想忍不住就要笑。

　　一日，几朋友相聚，喝得高兴了，其中一位分明是醉了，但他特别客气，硬要请大家到他府上坐坐，不然就是瞧不起他，结果大家跟他去了，他却怎么也找不到自己的家，东转西转，后来便问附近开小店的老太太："小海家住在哪里？"人家指着他说："你不是小海的爸爸么，这倒怪了。"他连连说："是这样是这样的。"

　　另有一日，酒散人去，有位先生走了半天也没走回到家，后来才知道他酒喝多了走错了方向。人家问他是咋回事，他一本正经地说："一般来讲，交通规则是往右走。"

大家乐了，你家的方向是在左边呀。

这些酒态和酒话，让人看到了普通人憨厚有趣的一面。

酒后的思维确实跟平常不同，各人表现也不一，而且，喝醉了酒的人总以为自己是清醒的，比平常都要胆壮。宋代辛弃疾写下了无数诗词佳篇，有一首是写自己的醉态："昨夜松边醉倒，问松我醉何如？却疑松动欲来扶，以手推松曰去。"那种似醉未醉的样子、那份豪气跃然纸上。

酒，更多时候是一种媒介。古人喝酒，酒逢知己千杯少。今人喝酒，杂质多了一些，借酒套近乎、借酒发泄、借酒说知心话，多而又多，云里雾里让人不知真假，坐到一起的，总之都是兄弟，都是性情中人。

我特别怀念我的祖父，他是个泥水匠，上世纪 70 年代在周铁一带颇有名气，他砌的灶头省柴又发火，人家都来请他。早上，祖父拎了灰桶出门，一天劳累之后就喝酒，家里没什么好菜，虽是一碟笋黄豆下酒，祖父却乐陶陶，完全是陶行知所说的那种"滴自己的汗，吃自己的饭"的好汉。

我的一位同事，其父母都是朴实的农民，养鸡养鸭很是辛苦，但这对勤劳的夫妇每天都要喝点小酒。妇人弄几个小菜，男人来几杯小酒，更多时候夫妻俩是相对而喝。一天不喝酒，这菜也没味，饭就像没吃一样。这样温暖的家庭，相濡以沫的夫妻，着实让人羡慕。

酒不醉人人自醉，这样的酒让人"醉死"也愿意，因为生活成了香醇的酒。没权没钱没关系，青山在人未老，其他又有什么关系呢？喝酒就怕有许多"关系"。

我没喝酒，却说了许多酒话，并且壮着胆子想说一句有点"醉"的话：凭什么跟你喝酒？你权大钱多，跟我有什么关系。你豪爽又讲情义，人也不错，那我先敬你一杯，相信这杯中装的不仅仅是烈酒，还有浓浓的友谊，你喝不喝呢？

喝酒很能看出一个人的性情，特别是酒喝到一定程度的时候，脸上的"油彩"褪了，人格的"面具"抛了，亮出性灵的真来，这多少让人心动。我酒量不大，豪气上来时也会率性而为，当然也醉过，醉态中那种对生命的怀疑与痛恨，对人生的无奈和无助全都浮了起来又沉下去，很难过很难过的。第二天清醒后又更为难过，因为每个人都有自尊，我当然也不想让别人看到自己脆弱的一面，虽然生活本来就是这个样子，每个人都有欢喜都有悲哀，只是酒精勾引放大了这种情绪罢了。

先生拆字

　　称其为先生的，其实是个盲人，但我们小镇上的人都这样称呼他。关于先生其人其事，我曾在多篇短文中记叙。这里我单单说一个故事，当我年幼时，我一知半解，未曾明了其间的道理。

　　这是真的。有一户人家想出去做鱼生意，临出门前请先生拆字，看看这趟生意是否可做得。那人随机报了一个老鼠的"鼠"字。先生说，这趟生意肯定能赚钱，鼠的上半部为石臼的"臼"字，尽可张开口子纳财。这时，鱼贩的同道也来求拆一字，他说："我也拆这个字。"先生沉思片刻后说："你不能做，血本无归。"那人一听火了："我们在同一个时辰报同一个字，他能赚钱，我为什么不能赚？"先生并不理他。那人不信，跟着去贩鱼了。两个人各自驾了条船去太湖。我们这个地方临近太湖，银鱼、白虾、梅鲚鱼是当地的特产，水产品生意总是很兴旺。几乎是相同的时间两人回来，船快要到岸了，只见岸上人头攒动，都在等着他们的鲜货。两人大喜，贩鱼的同道在离岸不远处猛发力，心里暗暗较劲："我超你的前，看这趟生意谁赚得多。"这时，不等他的船停稳，岸上的人都涌了上来，小船承载不起，一时竟翻了。稍后才到的船稳稳地赚了钱。

先生讲完这个故事的时候，我问了："同样是一个'鼠'字，为什么一个赚钱另一个赔本呢？"先生说，在拆后一个"鼠"字的时候，一只猫正好从墙上跳下来，他听到猫叫了一声，故此，断定其不能做。

先生有这等本事会预卜先知？我不信其。先生就住我家后门对面的一个院子里，在我印象中，他家里来来往往出出进进人总是很多，这些都是对自身命运迷茫且寄希望有所改变的小人物，我一直视之为迷信。后来经历多了，特别是读了许多书后，我反过来对先生的话作理性的思考，觉得其间也包含哲理。单从他以上这个拆字的例子来说，万事万物均在变化中，即使相同的人相同的场景谋求相同的事，也未必相同。人们必须顺其自然，应时应势，不可强求。而且其间也存在着相生相克的道理。

先生姓盛，名乃鑫，能拉一手好听的二胡，年轻时失明，虽艰难度日，然并不自卑。年老时有一妇人相伴照应，几年前，先生因病亡故，临终时将数万元积蓄交其妇，嘱咐好好生活。我回乡，谈及先生，其妇总念其好。

暖
意

三毛打电话给我，说孙建平的女儿刚拿到大学录取通知书没几天，就被医院确诊为白血病，请我帮着在报上寻求社会帮助。

三毛是我周铁的老乡，他说到的那个孙建平，我一点印象都没有，但提到孙建平的父亲孙东升，我的脑子立即鲜明起来，我怎么会不知道东升呢？那个烘烧饼的东升，现在也该有七十岁了吧。当年的烧饼油条店离我们家只有几步路，东升对我们特别好，同样的烧饼，他要在上面多撒些芝麻，是那种白芝麻。现在想想不就是多点芝麻而已么，但是在贫乏的年代里，那感觉完全不同，他让我们感受到了一种怜惜、一种温情、一份暖意。那时我的父亲患病住在华山医院，母亲也在上海陪伴就医。有一段时间家中就我们兄妹仨，没有大人照顾，经济的拮据以及对父亲生命的担忧使我们心间充满了不安和忧郁，夜深时这种感觉尤甚。东升每天凌晨两三点钟就起来和面发面，他店里的劳作声和暗淡的灯光给了我们一种踏实。天亮后，我们常常会弄几个小山芋放在他的烧饼炉上，他帮我们烘好后，就大声叫我们快去拿。东升就是这么个人，说不上特别好，但一点一点积起来的感觉便是"纯厚"两字。

三毛给我打电话后的第二天，又来了两个老乡，是孙家的邻居，他们是来帮助补充求助材料的，之后，我帮着在报上发出了求助信息。后来我从具体负责这件事的记者那里了解到，周铁的邻里乡亲捐了许多钱，三毛的哥哥一人就捐了一万元，孙家周围的十多个邻居各家捐了二百元，这些邻居都是普通的百姓，收入都不高，但他们觉得应该帮孙家一把。

现在要说"感动"两字似乎有点矫情和奢侈了，但事实上许多平凡的人总能给我感动，不刻意去做什么，完全是发自内心的，就像当年东升所给予我们的那种，说不上是帮了什么大忙，却让我们感受到人与人之间的一种暖意。

种瓜得瓜，种豆得豆，就是因为始终保持着朴素的善意，当现在孙家有难了，他们周边的人也都很尽力，这是自然的了。

其实，也不要去过分渲染什么崇高不崇高的，在我们许多平常的如流水般的日子里，救人救火的事不见得天天在发生，更多的是一些微不足道的且随时可做的一些小事，就像雨中的一把伞、黑暗中的一根火柴、干渴中的一滴水，不经意中传递着人与人之间的温情和善意，我们内心都渴望这样一种氛围、这样一种感觉。而这样的暖意，如果我们用心去感受也总会有。记得我儿子读小学六年级的时候，我踩着自行车每天早上送他去上学，十三岁的儿子坐在车架上已是很有分量的了，碰到下雨我就歪歪斜斜有点踩不动了。有一位同样是送儿子上学的先生，骑着摩托车从我们身边过，见了我们总会停下来，招呼我儿子顺便坐他的车去。他儿子坐他前面，我儿子坐在他后面，"呼"地一下就开走了。我都叫不出他的名字，只知道他是跟我住同一个新村的，平常见了也只是相视一笑而已。在那寒冷的冬天，我好几次眼睛湿润了，独步在生活的路上，人家善意地帮一下，真的让我感到了一分暖意。人家也不是刻意来做这件事的，只是顺便而已，就像当年烘烧饼的东升对我们那种朴素的善意，使我们暗淡的心明亮了起来。

　　岁月的风霜毫不留情地摧蚀着每一个人的感知感觉，我一直庆幸自己，在经历了许多事情后仍有一颗明亮的心，能够感知并感恩人世间的种种暖意。

黑宝

我试着用平静的心来叙述这件事，但还是落泪了。为黑宝，也为它带给我们的创伤。

我没有勇气看着它死去，当别人来把它处死时，我看到地上有好多血，我伤心极了，它陪伴了我们三年，守护了我们三年。我提出，把它埋起来，也不知道这些人做到了没有。

黑宝是我家的小狼狗，来的时候只有三十多厘米大小，养了将近三年，已是很威武漂亮的了。因为有了它，我家的院子里多了许多生机，它很会看家，陌生人距我家十米外，它就警觉起来。无论我夜里值班多么晚回来，它都一声不吭地在院子门口迎候。我们远离闹市，居住在团汛边，单门独院的，许多个深夜，外面风大雨大，因为有黑宝守护，我们心里就有了一份踏实。

　　我总觉得狗是通人性的，这源于我曾经听过一个故事。有一户人家养了一条狼狗，长大后食量越来越大，主人没工夫照料了就想把狼狗送走，送的地方很偏僻，不知道翻过了多少山冈，但过了两天，这条狗一路风尘从百公里外找回来了。主人又把它送走，这一次是装在一个布袋里，送得更远了。到了目的地，主人打开布袋一看，发觉狗咬舌自尽了。这是一条有情有义有血性的狗，主人为此自责不已，悔不该一而再抛弃它。

　　忠诚，这大概是狗的本性。

　　因为多种原因我不喜欢猫，唯独亲近狗。在许多个日子里，黑宝跟我们友好相处。清晨我在院子里散步，我正步走，它也正步走，我回身走，它马上紧跟上。我蹲在河岸边，看着初升的太阳倒映在波光粼粼的水面上好像散落的碎银，这时它就温驯地趴在我脚边，我总跟它说话，像几米说的那样："它听我唱过歌，知道我为什么难过，我对它说过的秘密，它永远替我保密。"我想，它一定能懂我的话。

　　有一次，它真的是懂了我的话。我家附近有户人家新养了一条狗，夜间叫个不停，黑宝听了也跟着叫，两条狗此起彼伏地叫个不停，吵得人睡不成觉，这让我很过意不去，担心影响了别人的休息。于是，我就想把它送人。我把这一想法跟儿子说了，他坚决反对。他跟黑宝是好朋友，他一直称呼它为"黑老弟"。我跟儿子说，我给黑宝找了个好人家，在新庄乡下，这户人家有一大片甘蔗田，黑宝去了可以帮他们看护甘蔗田，在田野上活动范围大，比关在我们院子里好得多，它还可以跟其他狗玩耍，这是天性的需要。而且，以后你还可以去看它。儿子想想也对，勉强答应了。我赶忙叫人来牵狗，结果它就是不肯走，看着它这个样子，我又不忍心了，我跟它说，你以后在夜里不能瞎叫，不然真的送你走了。它也许真的听懂了我的话，自此夜里就不瞎叫了。

我们居住的地方，好多人家养狗，邻居家的狗夜里生了六只小狗，冻死了两只，母狗生病挂了两天盐水，一时没有了奶水，邻居家的老太太就用奶瓶喂小狗，老太太已经八十一岁了，那样子就像是对待自己的孩子，我觉得特有情趣。跟别人家的宠物狗相比，黑宝没有娇气，很好养，我和儿子都喜欢它，我希望一直把它养到老。

这应该是不成问题的，如果不出意外的话。但是，又怎会想到呢？它忽然发怒把我母亲咬伤了，我母亲七十多岁了，被它咬得鲜血淋淋，在手术室两个多小时缝了二十多针，我都吓坏了。

这是怎么了？现在的人会变异，连忠诚的狗都变异了，从来没有听说狗连主人都咬，这可又把我弄"傻"了。我相信有美好，喜欢有情有义的事物，可是真实的我，不得不承认，我活在一个充满遗憾的世界里。你崇尚真实，追求完美，但事实让你不断接受缺陷、接受不完美，让你遗憾。

就这样，黑宝在我们的生活中消失了。

这辈子，我不会再养狗了。

2003 年 10 月

画眉

清晨，我放飞了两只画眉。这一天早上，太阳才升起，枝头树叶上还挂着露水，麻雀开始在树梢上叽叽喳喳叫了，画眉应和着，唱得婉转动听。

终于，我要放它们的念头付诸了行动。

自由飞翔是鸟的快乐，无论怎样精致的鸟笼，都不是它们理想的生活。我打开鸟笼，放飞了两个有灵性的生命。

我家的小狼狗黑宝走后，院子里少了生机，同事小杨便送我两只画眉。小杨家在洮东山里，她父亲从山林里捕到了这两只鸟，送我的时候，分别装在两个笼子里，外面罩着青黑色的布。在大山里长大的小杨懂鸟的习性，她说，画眉在山林里总是成双成对飞翔，而一旦双双关在一只笼子里就会打架，两只鸟只能分开来。

我小心打开笼布,两个小东西一时适应不了外面的光线,怯生生缩在一边,继而乱窜乱跳起来。接过两只鸟笼,同时也意味着接下责任。我喜欢鸟儿,但从没养过,问清了有关的喂养知识后,赶紧到花鸟市场上买来食料,一种专门喂养画眉、相思、八哥、白头翁等鸟类的配合饲料。这以后,喂食物、喂水、洗鸟笼,忙开了,每天清晨拎出来挂在树上,它们一唱一和叫着。

以前,有朋友说笑,下辈子投胎,不投人不投猪不投牛,人活着太累,投牛投猪挨宰,只有鸟最自由,没有行进线路的限制,舒展又放松,而且没有负担,想飞就展翅飞,想停就自在地停,屋檐下、树梢上、电线上都可立足安身,水草丰美处,鸟语花香时,这是最美不过了。人哪有这般轻松,为名为利为钱为生存,操不完的心事,担不尽的责任。

对的,我完全同意,并心存一份想往,下辈子一定成为一只鸟。

现在想想,鸟给人捉住,关在笼子里,不经风,不愁食,未必快乐。就像这画眉,条件虽好,却比不上一群麻雀,你看,这些麻雀,叽叽喳喳,飞高落下,想怎样就怎样,好比贫穷人家的男女,常为衣食而奔忙,但活着自在,不受拘束、限制。

我一时这样想。

忽一日,在院子里闲走,停在鸟笼前,看着两个鸟笼并排在一起,突然想起几米漫画图里两只鸟的配文:

我们一起被关在鸟笼里，

空间真的很窄小。

风景被铁条切成一格一格的，丑死了。

把鸟笼挂在树头，

佯装生活在大自然里，

这种想法让鸟更伤心。

　　我养的画眉不会说话，无从知道它们快乐与否，但我想到几米的漫画就想笑。

　　喂养画眉费了我不少精力，我心里别扭起来，自己都喜欢轻松自在，把鸟关在笼子里，算什么意思呢？我产生了放它们的念头，但又矛盾，觉得对不起送我鸟的同事。因为其中一只画眉她父亲已养了一年时间，怎么说放就放呢？就这么着，犹豫了好多天，最后还是放走了两只画眉。

　　之后碰到同事小杨，我不好意思说放走了，只道画眉很好。这明显是在撒谎了，但也不能说全是谎话，解开了禁锢，放飞于大自然，对画眉来说何尝不是一件幸事呢？

2003 年 12 月

问候与祝福

又至岁末，五彩缤纷的贺卡雪片般飞，大家都在祝福，都在问候，我也要准备写贺卡了。但是，今年过年我不寄卡，在此"群发"，朋友们若觉得下面的祝福语、问候语适用于你，就对号入座，心领神会收下来。我知道，你们肯定会笑纳并这样说："这句话是写给我的。"我想象得出你们这个时候的表情。

淋漓尽致地生活

珍惜每一寸光阴，热爱工作，并尽情地享受生活。新的一年，送上祝福语"淋漓尽致地生活"。在祝福你的同时，也祝愿我自己，以及更多的朋友这样去生活。活得富有

181

朝气，非常阳光。当然，我知道，你一直是这样做的，不是吗？前几天你们一伙人居然"代表"宜兴队参加华东地区羽毛球赛，结果一上场输得一败涂地，我都笑死了。但是，我还是要为你喝彩。这样的生活状态就是"牛"，就是有"精神"。草木一季，人活一世，说不上哪一种生活是最好，就像说不上哪一朵花是最好的一样，小小的太阳花很卑微，但它却能将生命绽放到最饱满的状态，要我说，它就是最好的。一种生活，只要适合自己，有自己喜欢的内容，就是好的生活。

我们没有理由不快乐

这个时候你已经出院了，从此疾病远离。新的一年全新的你，我们没有理由不快乐，是不是？你同病房那个女孩的母亲，那天要我猜猜她多大年纪。我一看她的样子，年龄应该有四十七八，但我有点"鬼"，只猜她四十二三，谁知她只有三十八岁。同样是女人，我们比她要幸福。她采一季茶叶才挣个千把块，种西瓜卖到千把块钱，这次女儿生病住院用了三千多元，她男人在山上放炮，累得胸口痛也挣不到多少钱。我们年龄比她大，却比她看年轻，生活比她优越得多。真的，我们没有理由不快乐。还有，你同病房那对老人，夫妻俩都八十一岁了，风风雨雨一路走来，多有劲。那天我看他们在啃甘蔗，我就笑了。你跟我说，老头昨天还洗了一把冷水澡。我倒抽了一口冷气，这么冷的天。有这样好的体质，难怪他能跑上跑下照顾生病的老伴。在这两位老人面前，我们还能说自己老了吗？还能抱怨种种不开心吗？真的不能。所以，我们当时就相视一笑说，我们以后没有理由不快乐起来。我们已步入了人生的秋季，不再年轻，光荣和梦想已属过去，而我们对"年轻"应有更深的理解：年轻是一种心情，快乐是这种心情的体现。你说是不是？新的一年，记着要相互提醒：你没有理由不快乐。

晚来天欲雪，能饮一杯无？

收到这样的问候语，你肯定要笑了。全球趋暖，冬天的鹅毛大雪已不大可能看到了，即使飞飞扬扬飘起雪花，城里也堆不起积雪，这真是遗憾。曾经说过好几回，下雪天大家在一起看雪景，喝家酿米酒，一杯又一杯，窗外是冰雪，室内有温暖，大家真真实实，不说"瞎话"。所以，我们一直都盼望下大雪，盼望这种没有交换利用因素、没有上下级关系的相聚。白居易的诗"晚来天欲雪，能饮一杯无？"因而成了大家见面时的用语，即使是夏天，我们碰到了，也总是说"下雪天"，然后心领神会，一笑就知。能够记住这个约定的，想必心间保留着一份人性的至真至诚，因为这个世界太热闹，许多场合情真意切的"瞎话"说过后都忘了。但是，我们唯独记得这个小小的约定。

又是一年过去了，这个冬季会不会下雪呢？我发出了这样的问候："晚来天欲雪，能饮一杯无？"

远远注视　深深祝福

我们或许会有这样的经历，一个人若是只能为自己努力，这太没意思了，成功了没人为你高兴，失败了没人为你难过。台湾作家张小娴说过，如果知道有一双眼睛在关注你，那就有了动力，甚至会为了"讨好"这双眼睛更加卖力，以不辜负对方的认同和赞赏。这双眼睛可能是你的亲人、你的朋友、你喜欢的人，总之是你在乎的人，你想起的时候心里暖暖的。在新年来临之际，我想让那些曾经帮助过我，在行进中照亮过我的人知道：我，远远注视你们，并深深祝福。

2003 年 12 月 27 日

櫻
桃
红
了

红了樱桃，绿了芭蕉。

立夏将至，院子里的樱桃将熟非熟时，引来麻雀无数，我找了根竹竿，一头系上红领巾挂在树上，想吓唬吓唬这些啄食的麻雀。不料，城里的麻雀胆子大，根本不吃"这一套"，照样飞上落下，树上的樱桃吃得所剩无几。那天早晨我起了个早，想采下已不多的樱桃送给阿慧，谁知麻雀起得比我还要早，隔日还见的樱桃第二天早上都帮我吃光了。这些麻雀哎，主人我都没能尝一颗，怎好意思哟！

今年樱桃虽无收获，但是我心里还是乐滋滋的美，樱桃红了的时候，想起山里人家的朴实、守信，也念及朋友之间的情谊，不觉一笑。

　　春天到山里去挖笋，钻在竹林里听各种不知名的鸟叫，那真叫美！山里的春天，它太活、太亮、太安慰人了。山里人家，门前一大片翠竹，院子里栽有樱桃树，还养了两条小黄狗、四五只芦花鸡。主人姓蒋，大家都称呼他为老蒋。他家里地方大，可放好几桌酒席。这其实也算不上是饭店，不过很有特色，农家草鸡、毛笋煨咸肉、香椿炒鸡蛋、蕨菜……很吊人胃口的。我们去过两趟，感觉不错。我问老蒋，这些野菜是否有美容作用？他一本正经回答道，这倒没听说过。我们全都笑了，山里人家实在，一是一，二是二，一点都不会夸大其辞，更不会说瞎话。这天我和阿慧看中了他家的樱桃树，问可否卖给我们，我们两家都有院子，可以栽种。老蒋说，他在山上种有一大片呢，如果要的话，带你们去挖，不要说钱不钱的。于是，我们相约下次来挖树。

　　三个月后已是深秋，我们想起挖树的事便打电话给老蒋，以为他忘了，他说记着呢，等你们来呢。

　　第二天上午，我们便叫了车去挖树，因隔夜下了场雨，山里的路不好走，我便偷懒坐车上听音乐没上山。约莫个把小时后，老蒋和阿慧从山上下来了，只见老蒋腰里插把砍刀，两个肩膀上各扛着一棵大树，直喘气。阿慧扛把锄头跟在后面帮衬着，脚上全是泥，累得东倒西歪。她一见我就冲我发话，火力点集中在我今天坐享其成上，我被她呛得没话可讲，既理亏又吃不消她的言辞，索性一懒到底："我不要了，你一个人拿回去种吧。"这下她没办法了，之后一路上反过来"讨好"我，树从山里运到城里，她"硬"要来帮我种，我这棵树是她亲自挖坑栽种的。

　　来年开春，我院子里的樱桃开花了，很是灿烂，我跑阿慧家看看，她的这棵树却不见开花，大概是日照不同的关系吧，这多少让我有点不好意思，赶紧表态，采了樱桃一定先送她尝尝，谁知这又都让麻雀吃掉了。

　　樱桃熟了，收获是一种喜悦，而回味其中的过程似乎更有滋味。人的一生中，不能没有朋友，身边有一两个朋友能相互容忍、相互关照，即使来点小脾气耍点小无赖也没关系，这也是一种幸福啊。

2004 年 4 月 25 日

葡萄酒

　　葡萄丰收的季节做一坛葡萄美酒，这让我兴奋不已。

　　选新鲜的葡萄五十斤，洗净、沥干、剖皮，按十斤鲜葡萄两斤糖的比例，放入酒坛封存，两个月后开启便成。

　　开坛的时候正是金秋时节，淡淡的琥珀色，清亮香醇的一坛葡萄酒真的做成了。

　　做酒的整个过程充满了喜悦和期盼，喝自己酿的美酒，这感觉更加亲切。这让我想起，以前我们老家有个亲戚过年前总要上一趟小镇，给我们送一大桶家酿米酒和几十斤米粉来，母亲总要留他吃饭，并送他一些年货，笋干、油面筋、糕点之类。这个亲戚特有意思，背来一桶酒，结果在我家吃饭，边喝边聊，送给我们的米酒自己竟喝了一半。

一年又一年，在我记忆中，过年的"年味"便从这个亲戚送米酒来这天起开始弥漫，当他一路风尘出现有我们家门口时，父母亲从忙碌中醒悟过来：又是一年了。这后来成了我们全家过年前的一个巴望，年少的我尚不会喝酒，对他送米酒来是不感兴趣的，但只要一看到他来，情绪一下子就调动起来，还有几天过年，想必有小孩子的"好处"了。有一年，天特别冷，连着下大雪，全家以为他不会来了，但除夕这天，他背着一桶酒和一袋米粉竟来了，见着我母亲连连打招呼说："今年来晚了，来晚了。"来了照例是说说一年的收成一年的变故，说说今年做了多少米酒。这样温暖质朴的感觉一直保存在我的记忆里，多少年后我有各种机会端起酒杯，但对米酒还是有着喜爱。而且我发现，许多人和我一样对米酒有着特浓的感情，这从更多的意义上说是对朴实生活的一种怀念。"绿蚁新醅酒，红泥小火炉。晚来天欲雪，能饮一杯无？"这是老朋友之间随意而又诚挚的问候。下雨天或下雪天，与朋友相聚，温上一壶米酒，端上酒杯未曾喝，心就已经醉了。

　　我做的葡萄酒总希望有人品尝、赞赏一番，一己的快乐如果有人分享，其快乐便扩大了一倍。朋友说，我们提供螃蟹，你提供美酒和月亮，在你院子里喝酒赏月，如何？我说，那当然是最美不过的事了。朋友高是个豪爽的人，我们常在一起说说话，没有一点功利，大家都很放松。那天没有人劝酒，我们就是自己想喝酒，而且用大杯喝着酒。随意说说自己的想法说说自己的梦想。高的父母生了六个女儿，高是姐妹中的老二，从小就能吃苦，爬树、滚铁环、发洋片、跳白果这些男孩子的游戏她都会。说起那个时候，她的神态顽皮得很，我一脸欣赏听她说着，埋头喝下了一大口酒。谁没有美好的岁月呢？

　　你知道吗？我小时候也有许多想法的，我喝了一口酒接着说，那个时候中学操场上放露天电影，黑白故事片《地道战》、《地雷战》，操场上人山人海，我父亲温和且有点怕事，他怕挤着我，总是带我看反过来的一面，安安稳稳的。反面和正面的电影其实也没什么不同，就是银幕上打枪的人用的都是左手。为什么不去看正面呢？我心里这样想，而当我看到邻家的小妹高高地坐在父亲的肩头上，挤在人群中看电影，那个样子让我滋生出了一种对坚强有力的向往，我不崇拜任何人，只是欣赏那种能够扛得住事情、面对困难不退却并会努力化解的人，这样的想法后来影响了我一生的选择。

知道吗？这想法影响了我一生。

微醉的高看着我，接着我的话说："是的，银幕上打枪的人用的都是左手。"

我们碰了一下杯，又喝了一大口。

岁月磨平了我们的锐气，细密的皱纹早已爬上了我们的眼角，我们差不多已经忘了自己的梦想。在这个月夜，我们想起自己还有许多美好的东西，有许多实现不了的梦想。

我们热血沸腾，从晚上六点喝到八点，我们意气风发，突然觉得生活就像这葡萄酒可以细细品，感觉心窝里暖暖的。家酿的葡萄酒没有一点杂质，一如这个时候本色的我们，明天又是新的一天开始，我们又会恢复到另一个状态，唯留存在心间的是葡萄酒的香醇。

2005 年 10 月

月光下

　　她看见了那月亮，悬在天际，皎洁如银。

　　她心底里对月亮有着一种说不出来的亲近。童年时，老师踩着风琴唱："月亮在白莲花般的云朵里穿行，晚风吹来一阵阵快乐的歌声，我们坐在高高的谷堆旁边，听妈妈讲那过去的事情……"这是她记忆中最好听的一首歌。

　　她听过无数关于月亮的歌，她不免奇怪起来，世界之大，可维系可承载的东西多而又多，人们却愿寄语那月亮。想必，这月亮最知人的心思，否则，人们怎么会将这么多的思念与牵挂、祝福与问候都遥寄那空中明月呢？

　　月亮无语，月光如水。

　　她看着月亮，月亮也看着她，月亮离她

很近，又很远，近在眼前，抬首可见；远在天边，永远触摸不到。这样一种朦胧美让她痴迷。

寂静的夜晚，黑色笼罩着四周，那样的气息有时让她透不过气来，她闭上眼睛，多么想安然进入梦乡，但做不到，说不上具体的原因，她无缘无故地流泪了，那一轮明月正在窗外看着她，她的莫可名状的伤悲和内心的泣声被月亮看到和听到了。她想，月亮一定懂得她。是的，一定会懂得她。

她决定要到月亮上去，寻找心中那种无可名状的朦胧美。

去那里其实是没有路的，即使有也太艰险、太遥远了，她明明是知道的。可这个地方是她所向往的。无论多么遥远，多么艰难，她要去触摸一下月亮，闻一闻月亮的气味，在上面写下自己的心愿。她被这个念头折磨得夜不安宁，迷迷糊糊中，月亮在召唤着，她循着一路走去。

月亮清清朗朗地照着，山风吹拂着她的脸面，通往月亮的路崎岖不平，她顾不得这些，直奔有光亮的地方。荆棘刺破了脚，她忍

　　住了钻心的痛，翻过了一个又一个山冈，眼前的月亮越来越清晰了，月亮柔和地照着她，她融进了这片月光，心里涌动着无限暖意。奇怪的是，月亮总是与她保持着距离，似乎已经到了，却还是有距离，她走月亮也走，她停下来月亮也停下来。她又饥又累，她知道，她无法走到底了，那个月亮，她一生只能仰望。

　　泪水沿着她的双颊淌下来。

　　天亮的时候她醒来，枕头边仍是湿的。她明白，有些东西你永远追求不到，就像这月亮，比如这完美。

　　但是，那个月亮还是在她心中。每一个晚上，所有的灯熄灭了，她心里还是明亮的，因为那一轮明月照亮了夜空，也照亮了她的心间。

2001 年 9 月

来自于一只鸽子

一个八岁的孩子，没了母亲，在乡间，他时常与白鸽子对话，抚摸着鸽子洁净的羽毛，轻握着，息微跳动、温暖的生命。长大后，他告诉我，这是他生命意识中最初触摸到并能感觉到的温润，来自一只鸽子。

我一直体会不出这是怎样的一种感觉，我的习惯思维长久囿于触手可及的物件，敏感于一切实实在在的与我日常有关的东西，点钞票的沙沙声，打电脑拨手机的点击声，兴奋、满足、失落、沮丧……种种感觉都有，唯独就是没有那种来自触摸一只鸽子的温润。

我的眼里不断驶过奔腾跳跃的东西，不息的车流、物流、人流尽情地舒展着生命的繁华与热烈，风里梦里全是不屈不挠的愿望，追逐着能够紧握在手里的、实实在在的东西，瞬息即变的行情、变化万千的事物，差点把我弄"傻"了，又怎会去感觉一只鸽子生命的温润？但我分明听到远山的呼唤，看到鸽子轻灵的飞翔，我知道，这是来自于内心的声音。我穿梭于熙熙攘攘的世界，我把握到了什么？我贫乏得连一只鸽子所有的温润都没有。于是，我懂得了那个孩子的感觉，那是一个生命对另一个生命的呵护，一个生命对另一个生命的眷恋和交流。鸽子以它仅有的体温温暖了一个忧郁的孩子，让他不再感到孤单和危险。在乡间长大的孩子又以自己的方式去温暖他人。我信了，天与地、山与水、人与鸽子其实都是相通的，只要我们生命意识中没有漠视、没有冷淡、没有算计、没有欺诈，我们会感触到来自于生命深处的温热，这比什么都重要，我们都需要，生命与生命的相融、生命与生命的关怀、生命与生命的相互取暖。

我在一个秋日的午后，读韩少功的《山之想》，他就跟我说了这样的感觉：你看出了一只狗的寒冷，给他垫上温暖的棉絮，它躺在棉絮里以后会久久地看着你。它不能说话，只能用这种方式表达它的感激。你看到一只鸟受伤了，你用药水治疗它的伤口，给它食物，然后将它放飞林中。它飞到树梢上也会回头来看，同样不能说话，只能用这种方式铭记。这一刻很快会过去，感激和信任的目光消失了。但感激和信任它弥散在大山里，群山就有了温暖，有了亲切。某一天，你在大山里行走时，大山给你一片树荫，你失足了，大山垫给你一块石头一根树枝支撑。在那个时候，你就会感触到一只狗或者一只鸟的体温在石头里，在树梢里。

当我正沉浸在这样一座温暖的大山里，试图在林间感触一条狗一只鸟弥散在石头里树梢里的体温时，我中学时代的老师，今年八十高龄的陆宗荫老先生给我打来了电话。他告诉我，他四十六年前教过的一位学生专程从河北邯郸赶来宜兴为他做八十大寿。知道年迈的老师在金鸡山已买好了墓地，这位鬓发也已成霜的学生执意要去看看，认认老师的墓地，说以后还会来看望。这位学生在宜兴已无一亲人，他把老师当作了自己的亲人。这一穿越四十六年的师生情让陆老先生感慨万千，他打电话给我只是想跟我说说话，告诉我，他当一辈子平凡的教师，觉得值了。

年迈的老师已经没有足够的力量前行了，学生传递给他的是生命的温热。我静静地听老师讲，也很想对他说，那是远飞的鸟站在树梢上回望你，你忘了？你曾经给过一只鸟飞翔的力量。

但我没有说出来，我知道，人性都是相通的，世界万物都是相通的，有些可以用语言来涵盖，有些只能用心来感受。就像来自一只鸽子的温润，你要用心来触摸，那种生命深处的温热。

在这样一个落叶翻飞、心境澄明的秋季，我对生命温暖的眷恋、对生命意义的理解来自于一只鸽子，你懂吗？

片段时光的柔软思绪

感　觉

有好多词我特别喜欢，说夸张一点是终身偏爱，比如，明亮、静美、绽放……这一个个方块字无色无味、无声无息，却往往将人调动了起来，让我感到了生命的律动。我明白，我喜欢的不是词本身，而是一种感觉。就像我喜欢卞之琳的《断章》："你站在桥上看风景 / 看风景的人在楼上看你 / 明月装饰了你的窗子 / 你装饰了别人的梦。"这首诗给我的感觉特美，我有时候想起，心就柔和了起来，这便是感觉。

重感觉，有时候不免会跟着感觉走，朋友跟我说了，感觉这东西最靠不住，你看不见、摸不着，说有就有，说无就无，如风拂面，一点都抓不住。可是我说，了无痕迹的感觉我能感受到，它与人的精神相连。

因为重感觉，所以常常不掩饰自己，喜欢就是喜欢，不喜欢就是不喜欢。有次我跟朋友说，你怎么像黄梅天的被头，盖在身上湿滋湿嗒的，难受死了，这便是我对一个人的感觉。我爽朗朗的一个人，当然喜欢太阳下刚晒过的被子，一种说不出的舒畅，那种湿滋湿嗒的样子，给我的感觉不好。

感觉是一个人的精神体验，失去了知觉，生命就没有了脉动；没有了感觉，活着就没有了生气。哪怕这种感觉并不如意，像失望、遗憾之类的，但倘能有这种感觉，说明你还是有生机的人。觉得失望，是因为还有所期待；觉得遗憾，是因为还有令你遗憾的事情。人的悲哀其实并不在于贫穷，并不在于卑微，而在于没有价值感和方向感，在于你再怎么找都找不到一点点理由对事物感兴趣。也就是说，无论怎样，你一点感觉都没有，像一潭死水，兴不起波，激不起浪，这叫做什么呢？叫"漠然"。

曾经，令你非常钟爱的工作，没了兴趣；曾经，令你非常珍惜的东西，不再心动；曾经，令你非常想念牵挂的人，没了感觉。你不再有憧憬，不再有灵性的追求。如此无所谓又如此漠然，生命被一点点风化，被剥蚀，这个样子我不要。能够喜欢明亮、静美、绽放等等等等的感觉，这不仅仅是活着的感觉，更是有生机的感觉，"生活"两字，少了一个"生"字，感觉便不同。真的不愿意丢失自己的感觉，春天来了，我爬上山冈，看那成片的梅开，那是怎样的热烈开放啊，一朵朵梅飞上了枝头，绽出惊人的璀璨，如此热烈与妩媚，生命中所有的精彩在此尽显，我感觉到了生命的希望与多彩。日落黄昏，捧一杯清茶，读章诒和的《往事并不如烟》，禁不住潸然泪下，我感觉到了苍凉和悲怆，生命转瞬即逝，能够长留心间的唯有亡者的灵魂和生者的情感。阴冷的夜晚，"香格里拉"红酒勾引放大了种种情绪，好朋友宽厚地轻轻拍打着你的肩头，我感觉到了被人爱怜的温暖。

这些感觉是我生活的种种理由。

我有时候问自己，你要什么呢？要的是一份感觉。感觉到善意，感觉到温暖，感觉到人性的相通。

我有时候也想，在自己尚未老、还有感觉的时候，也能够给予别人这样的感觉，一份善意一份温暖。

愿 望

有一贪官带了大笔资金出逃，历经数月后投案自首，与小偷关在一起。小偷很是羡慕，说，你带了这么多钱，在外面的日子肯定逍遥透顶。贪官说，这简直不是人过的日子，天天担惊受怕，最大的愿望是睡一个安稳觉。

读到这里，我忍不住笑了，想起张小娴曾说过的，给你全世界，但不准你睡觉，长夜漫漫，要你日复一日无休止地坐等天亮，你肯定举手投降，宁愿用你的荣华富贵换回一宵的安睡，想要睡觉去了，这是多么微小却千真万确的愿望。

从小到大，我们有着太多的愿望，想拥有的东西太多太多，三岁时想卖棒冰，天天可以吃雪糕；十岁时想当个驯兽员，让所有的小动物都听你的口令；二十岁时想远行闯天下；三十岁时，想成为别人羡慕的对象，要啥有啥。四十岁、六十岁，一直到老，愿望不断，梦想不止。不过，历经种种碰壁后，愿望越来越微小，昔日的雄心壮志，大多归于破灭，过去的一些想法显得多么微不足道，人一下子变得实际起来。一次，我去参加某个活动，晚上与住同一房间的新闻同行聊天，夜深时我们各自说起了自己的愿望。她的愿望是希望父母再生，希望有个人能真正爱她包容她。轮到我说自己的愿望了，我竟不知道说什么好，我的愿望总是实现不了，还是不说为好。同行一定要我说，我想了想，说了一个算不上是愿望的愿望：清晨醒来，睁开眼睛，想想还有值得我向往的东西，有令我牵挂想念的人和事，那么，这个世界对我来说，还是温暖的、可爱的。

我们说完之后，各自都笑了，我们的愿望并不贪心，在一切都物化了的今天，我们想要的不过是精神上的需求。在笑过之后，我的眼睛湿润了，我想起了自己的梦想和遗憾。

谁能没有愿望呢？在经历了许多曲折变故后，只求心灵的一份慰藉，其想法简单却真实不过，就像那个只想睡个安稳觉的人，你能怀疑他的想法不真实吗？

想想也是的，各个阶段的愿望不同，没名的时候希望有名，没钱的时候希望有钱，身体不好的时候只希望身体好，总之，每个人都有自己的愿望。我的愿望并不贪心，这小小的愿望也是我对这个世界存有的眷恋。

过　程

颁奖的音乐奏起时，我觉得好尴尬。第一名的人，兴奋得休克，送医院急救无法来领奖。第二名的人，不甘心输了，拒绝领奖。第四名的人说："因为不是前三名，没有脸来领奖。"第五名的人说："第四名都不想领奖了，我也不好意思领奖。"而第三名的我，心中好不寂寞，这明明是个应该快乐的时刻嘛。

几米的绘画读本精彩耐读，让人一看就要笑，那个孤单单站在台上领奖的人，无限失落，一个小小的比赛，大家都不开心，人生的竞赛还多着呢。

对绝大多数人来说，在意的是结果，忽略的是过程。于是，乐极生悲、愤愤不平、忧心忡忡、急功近利等等油然而生。人生起起落落的过程，其实跟各种大大小小的竞赛一样，起始目的各不相同，然结果只有一个，或赢或输，或成功或失败，拼足全力，终其一生，无非就是这样的结局。但整个追求的过程，包含着信念、希望、憧憬。我们正是这样一步步走向未来的，就像《山那边是海》描述的那个孩子那样，当初伏在窗口痴想，山那边是什么呢？妈妈说，是海。山那边是海吗？他怀着隐秘的向往有一天终于爬上了那个山顶。可是他几乎是哭着回来了，在山的那边依然是山，山那边的山啊，铁青着脸，给他的幻想打了一个零分。妈妈，那个海呢？他一次次失望一次次鼓起信心向前走去。他依然听到远方海的喧腾，雪白的海潮漫湿了他枯干的心灵。他终于攀上了一座山顶，而在这座山的那边，就是海呀，是一个全新的世界，这一瞬间照亮了他的眼睛。

　　人的匆匆一生就是在这样的追寻中，也正因为如此，生命多了一份期待，一种充满奇迹的向往。如果失去这样的追寻，日子能够一眼看到头，那活着还有什么意思呢？山是障碍，海是信念，没有向往，没有信念，山里的孩子也许永远走不出大山，永远看不到壮美的大海。　当然，山里的孩子最终还是看到了大海，看到了一个全新的世界。但并不是所有的人都会有这样的结果，在追寻的过程中你付出了，投入了，却没有得到你所期待的结果。你还是向往着，经历着，不管结果如何，品尝着人生的种种滋味，这也是一种境界啊。所以，饱经风霜的陈香梅女士有资格说："春夏秋冬我走过，酸甜苦辣我尝过，此生足矣。"所以，卢梭富有哲理地说："生活得最有意义的人，并不就是年岁活得最大的人，而是对生活最有感受的人。"

花开花落，春华秋实，整个过程让我们如此投入，我们的生命也如此多情，如此有色彩。从开始到结束，从起点到终点，无论怎样的结局，你尽到了努力，就没有什么甘心与不甘心的。

就像几米的另外一幅画表达了另一个比赛后的场景，另一种洒脱：天要暗了，最后一道夕阳的余光即将消逝。那场球赛，我们一败涂地，大家垂头丧气，但合影时我们还是做出胜利的手势。多年以后，谁会记住那场令人沮丧的球赛呢？只会看到相片里我们灿烂的笑容。在满天粉红的晚霞中，我们吹着口哨，踢着球，把什么都忘了。

是的，我们吹着口哨，把什么都忘了，只记着一点，在应该投入的时候，我们投入了热情，发挥了能量，这个过程是快乐的，这就够了，至少我们努力过。你看，晚风中的红蜻蜓在飞来飞去，许多过程都值得我们珍惜。

寻找那片青草地

有许多草木是可以用来传递消息的，迎春花就是其中一类。

你看，树和草还睡着，泥土间或还冻着，院子里的石榴树、木槿树全都是光秃秃的，但是有一天早上，突然看到迎春花在风中跳动着点点亮色，没几天，那嫩黄色的花，爬上了枝头，爬满了栅栏，你一下子明白过来，春来了，这是春的消息。

城里是不知季节变化的，春的灿烂、夏的热烈、秋的悲凉、冬的萧瑟，也只有在苍茫的乡野才能深深地感受到。当迎春花热烈绽放传递着春的消息时，我们又想到了那片青草地，我的朋友曾多次向我描绘过那个地方，说不上很美，却让她心动、流连。

我这已是第二次跟着她去寻找那片草地

　　了。去年初春，我们一起去踏春，她提起曾经到过一个地方，那里的植被非常好，原生态的，蓝天白云下，满目碧草，远处还有七八条水牛，偶有白鹭停在水牛背上，这给她的感觉实在太好了。

　　有这样一个地方吗？

　　好似牧童的短笛在吹响，清远而又悠扬，潜意识中我一直向往那样一个地方，曾经无数次听《挪威的森林》这首歌，总是在心中寻找着："那里湖面总是澄清，那里空气充满宁静，雪白明月照着大地，藏着你最深处的秘密。"

　　这遥远的歌声和牧童的短笛总是在有月亮的晚上响起，我的渴望我的梦想也在暗夜里滋长。

　　不管你接受不接受，那么多的过眼云烟在显现，在飞扬，在你周遭环绕，可如果还有什么会让我们心动、让我们崇敬，那莫过于大自然以及一切朴素的、真实的、灵动的生命。于是，我们有心去寻找她记忆中的那片草地。但是，头一次没有找到，不知怎么的我们走错了方向。

　　又是一年春草绿，当迎春花带来春的消息时，我们又一次去寻找，也许去得不是时候，也许没有了当初的兴致，也许什么也不是，地方算是找对了，但她总觉得没有当初的感觉好，我们去得太早了，青草才露出了头。

　　事情可以重来，场景可以再现，但是感觉无法重来。她心中的草地到底是什么样子的，我无法想象感觉到。那一天，初春的太阳暖暖地照着，我们就坐在老杨树下，想起了年少时用枯老的杨树枝

　　和蜡烛、棉花做成的蜡梅花，以及那种臭美的样子，跟我们相伴而去的一位朋友则说起他小时候用泥巴做成的乌金枪，是怎样的逼真。

　　风轻轻地吹拂着我们，天这样蓝，树这样绿，生活原本是可以这样安宁和美丽，在这样一个春日的下午，席慕蓉会在《山路》中：梳我初白的头／忽然记起了一些没能／实现的诺言／一些／无法解释的悲伤／在那条山路上／少年的你／是不是／还在等我／还在急切地向来处张望。

　　而此时，我们又会想起什么呢？

　　其实，每个人心中都有自己的芳草地，也正因为如此，生命多了一份期待、一种美好，哪怕这片青草地并不真实存在，但至少我们心中有，想起的时候能涌动无限暖意。能够对抗岁月流逝的唯有梦想，有梦的人永不老，有芳草地的人心灵不会荒芜。我问问自己有没有？

　　山无语，水无声，只听见树摇声。

这些瞬间

（1）总是长久地坐在河岸边，望着缓缓流淌的河水发呆，晒晒太阳，吹吹风，什么都不想，什么都可以想。这一刻，喧哗烦杂离你而去，你忽然想起罗大佑的歌，不觉笑出了声。已经忘了这首歌是怎么开头的，歌词也记不全了，你只记得其中几句："没有人能够告诉我，为什么太阳总下到山的那一边。没有人能够告诉我，山里面有没有住着神仙。多少个日子里总是一个人面对着天空发呆，就这么好奇，就这么幻想，这么孤单的童年……"

你忘记了自己的年龄，这一瞬间傻得像个孩子。

（2）在微雨的窗前，你看着无数的雨丝像一条条线，落到河里看不见了。你的目光越过广阔的水面，似乎能看得更远。风声雨声一阵紧一阵地敲打着你的窗子，天地间仿佛就你一个人，你忽然非常想念某个与你很亲近的朋友，不知道远方的人儿是不是也会伫立在窗前看雨。

你这样傻傻地想。

（3）春天的早上，院子里的花草树木上还挂着细小的露珠，你剪下一大捧花，红的、黄的搭配起来，插在玻璃瓶里，屋子里生动起来了。这一瞬，你竟然特别满足。这样的情景你小时候设想过无数次，那个叫安娜的女孩是你幼时的伙伴，她家里有一个大大的花园，她父亲种了各色各样的花，一年四季开不败。你最喜欢她家的芍药、牡丹，安娜采摘了送你，你就痴想，要是我家里有这样一个花园就好了。现在，你已经有了自己的花园，可以按照自己喜欢的方式生活了，你觉得特美。

（4）小渔船总是在太阳西下时靠岸，船主将活蹦乱跳的鱼虾装在袋子里，用竹篙的一头挑上岸，你收下鱼虾，把钱塞在竹篙头头上的小洞里，一手交货一手交钱，全仗那根竹篙。你"发明"了这样的交易方式，有点小得意。

未必天天开心，但总有一些瞬间让你快乐，让你觉得有意思，你时不时地想弄出点声音来，给平淡的日子一点响动。

你想想你多大年龄了，还这样，你看你傻不傻？

2005 年 5 月 30 日

那片绿色

嫩芽露了出来，亮闪闪的，没几天就长出了一大片一大片新绿，春的色彩是这样的分明。

一直很喜欢那种脆生生的嫩绿，喜欢大自然的本色，所以，当长在屋角边的迎春花开出星星点点的嫩黄小花时，我给朋友们发了个消息："哎，我家的迎春花开了，向各位报个信。"大家笑了，开就开了罢。

清晨，我站在团汔边，眼看着对岸的油菜花开了，一片金色，我嗅得到那种带着泥土的清香。我跟朋友说，春来了，油菜都开花了，这个时候的山野一定很美，青草露出了头。大家又笑了，春来草木旺，秋去草木枯，青草有什么好看的。

我想想也是的，人们见惯了灯红酒绿之

色，这自然之色有什么好喜悦的呢？我们的世界精彩纷呈，五花八门让人看花了眼，谁会在意这花草树木呢？但是，我还是渴望去看看那一大片绿色。

一个雨过天晴的日子，我们几个傻瓜结伴来到横山水库，此时正是枯水期，站在高处看下去，河滩呈不同形状的弧形，上面长满了绿草，一阵风吹来，远远近近的浅草微微颤动，你可以体会到生命的律动。好想亲近那片草地啊，走惯了坚硬的水泥马路，而今踩在柔软的草地上，舒坦万分。细细看看河滩上的草皮其实不尽相同，有的一大片草地都为长茎宽叶，风中它们似在招手，有几分妩媚。而有的一大片都为丝丝小草，阳光下它们似在点头，亮闪闪的。这些鲜活的小草可曾想到明天的忧虑吗？似乎没有。到了旺水期，这一方绿草都将被淹没在水底里，一片汪洋，但不管明天怎样，在这春日里，它们还是努力成长，不辜负明媚的春光，不枉在自然界生存一遭。

　　走在绿草地上，我们寻找碎石片玩劈水面，同伴显然比我水平高，一小块石头抛过去，能在水面上连跳几下，这类游戏小时候玩得多了，而今依然亲切。在这草地上，我们大声唱着歌，尽管不太入调，但很尽情，一扫平日的沉郁之气，从内而外透着一股清爽、明亮，这是绿草地带给我的气息。

　　这天回来后，我习惯性地打开电脑看网上的美文，曾经，非常喜欢读那种苍凉凄美的原创散文，但只是看看而已，从不跟帖发议论，这天心血来潮了，读到一篇非常优美感伤的文章后忍不住跟帖："山在／树在／大地在／岁月在／我在／你还要怎样更好的世界？"这是台湾作家张晓风的一首诗。能够健健康康地活着，在一片绿色的世界里看山、看水、看树、看草，有什么不好呢？

2002 年 3 月

时间的力量

时间，抽象的，无声无息的。你以为可以左右一切，其实，你敌不过时间的力量。

不是说岁月悠长吗？因为年轻，我们拥有长长的时间，有着可以挥霍的青春，正如早上八点钟的太阳，一切都才刚刚开始，没有实现不了的梦想，没有到不了的地方，没有不可能发生的事情。可以骄傲地说："世界是我们的。"这样的感觉多好啊，我们就是这样一天天过来了，直到有一天，时间之鸟掠过，振翅已经乏力，所有的可能性都有了限制，我们曾经以为可能的事情现在已经不可能了。时间就是这样残酷。

不是说岁月无痕吗？一天又一天，一年又一年，太阳每天从东边出来，西边下山，昨天和今天看起来没有什么不同,似水年华,了无痕迹。可是我们不得不接受这样的现实，看似无痕的岁月像刀子一样改变着你的一切。岁月的印记有多深？额上的皱纹会告诉你，头上的白发会告诉你。你不再生动，不再有灵性，这就是岁月的痕迹、时间的力量。时间就是这样无情。

不是爱得死去活来、恨得咬牙切齿吗？时间将钝化你的感觉。恋人之间喜欢许愿，海可枯石可烂，爱到地老天荒，这不过是愿望而已。海不可能枯，石也不可能烂，单调冗长的日子足以消磨尽我们太多的柔情与期待。同样的，最深的恨意在时间的冲刷下也日日见淡。如果不甘心，恨意犹如绷紧的弦，日积月累，那么最先断裂的还是你，时间以它的柔性缓缓地走过，伸向无限，你却走不过了。不是有个故事吗？双方打得不可开交，各自不甘受辱想着比拼，其中一方把仇恨埋藏起来躲进深山苦练，希望有一天能打败敌手。多少年后他终于练成了绝世武功，决定一比高低，可是当他出山找寻这几个敌手时，却发现他们全都死了。他空有一身武功，却找不到对手了，他竟无需出手，活着就是赢家，这是时间的力量。而他又

　　赢得了什么呢？多少年来他忘却了人世间的种种快乐，日日苦练，而今满头白发，他输掉了一生宝贵的年华，时间让他输得心服口服。

　　日月星辰亘古不变，春夏秋冬年年岁岁，我们在万千世界的变化中总是找寻永恒，就像初生的婴儿紧捏着拳头来到这个世上想抓住什么，可是长长的一生我们付出了多少，走的时候手里却是空空如也，什么也带不走，我们根本无力带走。在时间的长河里，我们只是一个过客。

　　我们不得不承认时间的力量，时间可以冲淡一切，时间可以检验一切，时间可以证明一切，时间也可以改变一切。而所有这一切都说明，能够经得起时间的，才显其宝贵。所以，"时间走道"中"生命舞台"上的本色演员最能打动人，我为那些真正有风骨的人敬仰，为能够不掩饰自己心情真诚的人而感动，为平凡人具备人性的光亮而动情。

2004 年 2 月

好大一棵树

　　好大一棵树，风雨中昂起了头，那样的风骨始终让我迷恋。

　　记忆中，老家城隍庙里的银杏树是我见过的最有沧桑感的一棵树了，相传这棵树是三国时孙权母亲植下的，雪雨风霜，历经千年，它一直是我们这个小镇的标志，太湖行船的航标。一棵树能够成为一个地方的方向标，这不是所有的树都能达到的高度和境界，站在这样的大树前，才会懂得什么叫历练，什么叫厚重。

　　我，敬仰这样的树。

　　一棵树自有一棵树的筋骨，茅盾先生的《白杨礼赞》，高声赞美白杨树内在的精神，没有婆娑的姿态，没有屈曲盘旋的虬枝，伟岸、正直、朴质，又不缺乏温和，那是西北风吹不倒、力争上游的一种树，是树中的伟丈夫。

我，向往这样的树。

一棵树的力量和不屈的品性就这样深深地印在了我脑中。

有这样好大的一棵树吗？

我生活的城市如今满眼是花花草草，阳台上的花树吸不到地气，在浅浅的杯盘泥土中长出的枝枝蔓蔓少了点"劲道"，就像人一样，处于一种"亚健康"状态。阳光洒向城市的每一个地方，我们会看到那些接近阳光、扎根于城区坚硬水泥道上的一棵棵树，是怎样拼命地努力生长，这些都是普通的树。城里的空气、土质不怎么好，看得出，树生存得不容易，挤挤压压一身疲惫。有的只管往上蹿，却没有将根深埋在地下，很快就见脆弱轻飘；有的吸附了太多的灰尘、废气，显得油滑歪曲，再也不见壮实起来；有的过于张扬，专注于枝枝叶叶，根本抗衡不得风雨。这些，都注定不能成为一棵大树。

大树自有大树的气度和风骨。你看，倾斜的树干、伤痕累累的树皮、断裂的树枝，这些都是与风雨、干旱、病虫抗衡的印记。它珍惜这些印记，并从中触摸到生命的意义。它沉默宽厚、枝繁叶茂，不只是为自己存活和发展，还乐意为一群乘凉躲雨的人们，乃至于一只鸟巢、一队蚂蚁做点什么。风来了，雨来了，水涝地旱，种种经历都不曾动摇它目标的坚定性。当然，它也有局限性，有时偏执、霸气，不屑一切眼光，抖落一地的树叶表达自己的喜恶。它其实跟所有树都一样，不同的是有着顽强蓬勃的心，力争将生命绽放到最饱满的状态。

草木人生，能将生命绽放到最饱满的状态，我以为就是最好的花树，就是一棵有生机的树。

这样的树应该在城市许多的地方挺立着，城市因此也有了"精气神"。

我，心底里一直亲近这样好大的一棵树。

2003 年 11 月 27 日

听来的故事

鱼的世界在水里，鸟的世界在天空，能够相遇完全是一种机缘。

春天的黄昏，河岸边的麻雀叽叽喳喳地叫着，喧闹声惊了水中的鱼，它浮出了水面，听麻雀们争论。水底世界是沉静的，没有这么多的喋喋不休，鱼的眼睛掠过这些麻雀，向高处张望。

它看到了一只鸟在高空飞过，与这群麻雀不同，有点傲视。这时，高处的鸟也看到了浮出水面的鱼，片刻默契的对视，彼此都知道对方正在找寻什么。第二天，它们又相遇了，没有理由，只是一种感觉，是一个生灵对另一个生灵的好奇和真正的善意。就这么着，清晨和黄昏，它们不约而同地在这里交流。它们虽来自于不同的世界，却觉得安全信赖。平淡的日子里因为有了期待和向往变得美好起来。可是，它们虽然靠得很近，却无法融合，它们都清楚，这不过是瞬间的美。因为，鱼不可能到天上，这不是它的世界；鸟也不可能到水里，到水里就没有了生命。

鸟说，远方有它的世界，展翅飞翔、搏击风雨是它生命存在的意义；鱼说，水底有我的家园，沉静自由是我喜欢的生活方式。

它们都明白，自己不属于对方的世界，飞鸟哀鸣一声掠过了水面，鱼也随之沉入了水底，从此喧嚷的俗世传唱一份感慨，感慨动人的机缘。

天上依旧月圆月缺，人间继续悲欢离合，鱼和鸟在各自的世界里。鱼懂得沉默，沉入了水底；鸟懂得无语，飞向天空。它们没有像俗世那样，彼此伤害。鸟飞过时，会俯视这片水面；鱼也常浮出水面，仰视天空，远远注视，默默祝福。

天空没有鸟飞过的痕迹，水里没有鱼游过的印记，但许多瞬间的美好真实存在过。这样的机缘，这样的故事发生在我们生活中，我们是否会珍惜，并心存一份善意呢？

后记

　　一切都没有什么，都是瞬间和片断。这些明亮而又温暖的瞬间在心间反复无穷，拼接着一个又一个平淡的日子，一天、一年、一生，就这么慢慢走过……谨以此书献给我年迈的父母，献给我深情眷恋的故乡，献给曾经温暖并照亮我前行的人们。

　　本书在出版过程中得到了宜兴市委宣传部副部长、宜兴日报社社长程伟先生，无锡市作家协会主席黑陶先生以及徐沐明等朋友的帮助和支持，在此一并致谢。

2014 年 7 月

图书在版编目（CIP）数据

这些瞬间，那些光阴/乐心著. —上海：文汇出版
社，2014.7
ISBN 978-7-5496-1240-6

Ⅰ.①这… Ⅱ.①乐… Ⅲ.①散文集－中国－当代
Ⅳ.①I267

中国版本图书馆CIP数据核字（2014）第161696号

这些瞬间，那些光阴

著作权人 / 乐　心
责任编辑 / 吴　斐
装帧设计 / 刘　啸

出版发行 / **文匯**出版社
　　　　　上海市威海路755号
　　　　　（邮政编码200041）
印刷装订 / 苏州华美教育印刷有限公司
版　　次 / 2014年8月第1版
印　　次 / 2014年8月第1次印刷
开　　本 / 880×1230　1/32
字　　数 / 100千
印　　张 / 7.25

ISBN 978-7-5496-1240-6
定　　价 / 39.00元